Mischpudelwohlgefühl

von Timmy & Manfred Draga

FÜR MEIN FRAUCHEN, MEIN HERRCHEN
UND FÜR MAX

DANKE, DASS ICH ZUR FAMILIE
GEHÖREN DARF

Bibliografische Information der Deutschen Nationalbibliothek:
Die Deutsche Nationalbibliothek verzeichnet diese Publikation in der
Deutschen Nationalbibliografie; detaillierte bibliografische Daten sind im
Internet über http://dnb.dnb.de abrufbar.

Verlag: BoD · Books on Demand GmbH, Überseering 33,
22297 Hamburg, bod@bod.de
Druck: Libri Plureos GmbH, Friedensallee 273, 22763 Hamburg

Lektorat: Nadine Zikofsky, Freiburg
Umschlaggestaltung: Ingo Diekhaus, Berlin
Buchsatz: Franziska Junghans, Ka & Jott, Bernau b. Berlin

ISBN: 978-3-7693-4947-4

Timmy & Manfred Draga

MISCH-PUDEL-WOHLGEFÜHL

KURZGESCHICHTEN AUS EINEM HUNDELEBEN

Erste tapsige Schritte

Och, ist der süß«, höre ich oftmals, wenn wir unterwegs sind auf den Straßen dieser Welt. »Kann ich ihn bitte einmal streicheln? Ich hoffe doch, er beißt nicht. Ist er schon stubenrein? Kann er auch brav Männchen machen und Stöckchen holen? Och, ist er süß!« Bla, bla, bla.

Liebe Leute, immer wieder werden Fragen über Fragen gestellt, wenn wir zwei Hübschen unterwegs sind. Ganz gleich, wo und wann wir gemeinsam Gassi gehen. Eine gemütliche Runde, so ganz ohne einen Zwischenstopp und einen Small Talk, gibt es einfach nicht.

Tja, was soll ich nun darauf antworten?

Also, ich kenne meinen geliebten Zweibeiner am anderen Ende der Leine schon seit über drei Jahren. Bisher hat er keinen anderen Zweibeiner gebissen.

Punkt.

Er ist brav und hat auch nichts gegen Streicheleinheiten. Dann lächelt er freundlich und hat stets gute Laune. Ja, das mag er sehr.

Punkt.

Ach, und stubenrein ist er obendrein auch noch. Zumindest habe ich bisher nichts in unserem Haus ausmachen können, was irgendwie hätte entsorgt werden müssen. Nein, alles fein. *Punkt.*

Aber Stöckchen holen, ist so gar nicht sein Fall. Da muss ich euch leider enttäuschen. Viel lieber hockt mein Herrchen gemütlich auf der Couch gleich neben mir und schaut auf dieses eckige Teil, was ihr Zweibeiner Fernseher oder auch Glotze nennt.

Punkt und Ende!

Ja, mein Herrchen liebt seine riesengroße Couch, schmust, chillt, herzt und knuddelt gerne mit mir – und dies den lieben, langen Tag. Ich mag das alles auch, weil es mir ein schönes Gefühl von Geborgenheit gibt, von Zuhause und angekommen sein.

Aber Vorsicht da draußen: Ich bin wohlgemerkt der Einzige, der Herrchen hinter den Ohren lecken darf. Da ist Sperrgebiet für jeden anderen und da verstehe ich auch so gar keinen Spaß. Sucht euch gefälligst euer eigenes Herrchen. Andernfalls kann ich sehr ungemütlich werden!

Darauf gebe ich euch mein Hundeehrenwort. Wuff!

Aber wie unhöflich von mir. 'tschuldigung! Da tippe ich hier fleißig mit meinen kleinen

Pfötchen auf der Tastatur und habe doch ganz versäumt, mich artig vorzustellen:

Mein Name ist Timmy aus Köln-Porz, Jahrgang 2021. Mein Frauchen nennt mich auch, je nach Lust und Laune, Timotheus oder auch Teddybär, was ich voll okay finde. Ich bin ein überaus kluger, attraktiver, felliger, achtsamer, liebreizender, Herzen brechender, wohlerzogener und absolut stubenreiner (!!!) Malteser Pudelmischling.

Oder kürzer formuliert: Ich bin ein Maltipoo!

Man sagt uns Mischlingen nach, dass wir stets familienfreundlich sind und auch Allergiker ihre Freude an uns haben, da wir keine Haare verlieren. Da habe ich meinem Herrchen, wenn ich so seinen Kopf von Monat zu Monat betrachte, absolut etwas voraus. Der Kerl haart doch ganz schön und manchmal finde ich auch in meinem gepflegten beigefarbenen Fell oder kuscheligen Körbchen am Fenster einige Ableger von ihm.

Er ist fürwahr ein haarender, großer, mittelalter Zweibeiner. Daran gibt es nichts zu leugnen. Aber er ist zugleich auch ein Herrchen mit ganz viel Herz. Das kann ich euch gerne versichern.

Wenn ich nur kurz dramatisch aufheule oder traurig piepse (das beherrsche ich mittlerweile extrem gut), springt er in Sekundenschnelle von der Couch auf und rennt zu mir. Er sorgt sich umgehend und rührend um mein Wohlergehen. Es ist also völlig logisch, dass ich dies sehr oft ausnutze und ein filmreifes Drama mache. Aber dabei denke ich vor allem daran, dass ich ihm einen Gefallen tue, da ein wenig Bewegung noch keinem Zweibeiner geschadet hat.

Richtig?

Ich sehe, wir verstehen uns.

Auch die anderen beiden meiner kleinen Familie haben so ein großes, warmes Herz und kümmern sich darum, dass ich mich wohlfühlen darf in diesem Zuhause. Da ist so ein Urvertrauen, das ich kaum in Worte fassen kann.

Ich weiß durchaus, dass es nicht allen Vierbeinern auf der Welt so gut geht. Die Tierheime sind voll mit Hunden, Katzen (grrr, die mag ich nicht), Meerschweinchen und mehr, die auf ein besseres Leben warten und hoffen. Daher bin ich dankbar, eine so liebevolle Familie zu haben, und zeige dies auch gerne und oft.

Für mein allererstes Buch habe ich diesen passenden Titel MISCHPUDELWOHLGEFÜHL gewählt, der schon alles aussagt. Ein Leben als Vierbeiner in so einer herzlichen Familie ist aufregend, voller Wärme, Schmuseeinheiten, Leckerlis und jeden Tag wartet ein Abenteuer auf mich.

Aber lest gerne selbst in den folgenden Geschichten, was ich so täglich erlebe. Viel Spaß dabei.

Euer Timmy/Timotheus/Teddybär

Wuff

Alle neune

Wenn ihr waschechte Kölner seid, dann bitte schnell diese Passage umgehen und einfach mit dem nächsten Absatz fortfahren. Danke. Für alle anderen sei rasch erwähnt, dass ich zwar in Köln wohne, aber eigentlich in Dortmund geboren bin und erst mit zehn Wochen die Domstadt erobert habe.

Ja, tatsächlich so geschehen. Aber psst – das bleibt bitte unser Geheimnis. Okay?

Meine geliebte Familie ist knapp hundert Kilometer bis ins Ruhrgebiet gefahren, um meine acht Geschwister und mich zu besuchen. Ist das nicht Liebe pur und irgendwie total süß?

Na ja, bis dahin waren es zehn harte Wochen für mich gewesen. Das kann ich euch sagen. Mit drei frechen Schwesterchen und fünf wilden Brüderchen an der Backe war Tag und Nacht immer Stress angesagt. Immer! Zumal ich der Jüngste von allen war und eigentlich nur etwas zu futtern, spielen, trinken und schlafen brauchte. Kein Gezanke mit den anderen, sondern einfach nur Ruhe, Ruhe und nochmals Ruhe.

Ruhe! Verflixt noch mal.

Doch ständig sprang mir einer auf den Rücken, zwickte mich in die Seite oder nahm mir den Futterplatz an Mamas Zitze weg. Immer gab es Krach unter den zickigen Mädels, die ständig in Mamas Nähe sein wollten. Zudem gab es Mutproben unter uns Jungs, wer am längsten auf dem Holzbalken balancieren konnte oder sich ganz nah an die olle schwarze Katze mit den scharfen Krallen traute.

Tja, manchmal gewann einer von uns Welpen – manchmal gewann die Mieze. Autsch! Nun wisst ihr auch, warum ich Katzen so gar nicht mag. Die sind launig, arrogant und kritzeln dir ratzfatz deinen Namen ins Fell, wenn du dich nicht schnell genug vom Acker machst. Ich habe einige Hunde im Umfeld beim Gassigehen getroffen mit einem »M«, »R« oder auch »Z« im Fell. Allerdings ist Zacharias für einen Hundenamen auch schon recht außergewöhnlich. Findet ihr nicht?

Dann endlich kam der Besuch aus Köln.

Ich hatte im Vorfeld schon einiges von der Domstadt gehört. Viele Tauben landeten immer wieder in unserem kleinen Dortmunder Garten hinter dem Haus und erzählten von Köln, den gestressten Zweibeinern und auch den vielen frechen Hunden und Katzen, die keine Tauben mochten und daher Jagd auf sie machten. Sie schwärmten von großen grünen Wiesen, vom

Duft nach leckeren Würstchen und von den vielen bunten Häusern nah am Wasser.

Am Tag war dort alles so farbenfroh schön und es gab genug zu entdecken für uns Fellnasen. Doch am Abend erstrahlte die Stadt in einem magischen Licht. Zweibeiner gingen dann Hand in Hand am großen Wasser spazieren und auch wir Vierbeiner durften uns einen der vielen Bäume aussuchen, um das Bein zu heben. Ich fand das alles aufregend, wenn die gefiederten Freunde von dieser Großstadt erzählten. Ich wünschte mir so sehr, dies auch eines Tages live und in Farbe erleben zu dürfen.

Köln ...

Ja, und nun war tatsächlich Besuch aus dieser Stadt angekündigt. Ich war so gespannt. Hektisch lief ich im Haus hin und her, versuchte, den anderen acht Geschwistern irgendwie auszuweichen, was in so einer kleinen Stube schier unmöglich war, und überlegte mir, wie ich einen besonderen Eindruck auf diese Gäste machen könnte. Viele Tricks hatte ich in all den Wochen nicht gelernt, da hatten die anderen sportlichen Jungs durchaus Vorteile. Zudem konnten die Mädels alle viel besser bellen als ich. Ich war eher im Jaulen und Winseln der König der Welpen. Damit würde ich wohl nicht wirklich punkten können.

Oh Mann, ich war so aufgeregt, spürte, dass ich hundemüde wurde, und schlief neben meinen Geschwistern ein.

Wenn du dich nun fragst, ob wir Hunde auch träumen können im Schlaf, dann sei dir gewiss, dass dies so ist. In meinen Träumen kommen zumeist schöne Dinge vor wie große Felder, wo man ohne Leine grenzenlos rennen und toben darf. Oder wo die ganze Familie immer nur zuhause bei mir ist und ich niemanden vermissen muss. Ganz prima sind auch die riesigen, traumhaften Kauknochen, die Unmengen an Spielzeug und das gemütliche Körbchen mit Ballons dran, in welchem ich hinauffliegen kann zu den weißen flauschigen Schafen, die von den Zweibeinern wohl Wolken genannt werden.

Manchmal gibt es aber auch diese Träume, in denen ich von anderen wilden Hunden und Katzen gejagt werde und ganz schnell vor den fiesen spitzen Zähnen und Krallen fliehen muss. Doch das kommt nicht so oft vor.

»Ja, und hier sind unsere kleinen Schätzchen«, hörte ich auf einmal meine Dortmunder Zweibeiner-Mama sagen und öffnete im Halbschlaf meine Augen.

»Alle neun süßen Welpen suchen ein Zuhause und ihr seid wirklich die Allerersten, die nun die Qual der Wahl haben. Viel Freude mit den Püppis, lasst euch Zeit und ihr werdet garantiert den passenden Welpen finden.«

Zack, in Sekundenschnelle war ich wach und schaute neugierig hinauf und erschrak ganz fürchterlich. Da standen drei Zweibeiner vor mir und die hatten so gar kein Gesicht.

Oh Schreck!

Statt Nase und Mund sah ich nur ein blaues Etwas, welches mit einem Band hinter den Ohren festgehalten wurde.

Wie gruselig! Das gefiel mir so gar nicht!

Blitzschnell nahm ich Reißaus und lief hinaus in den rettenden Garten und versteckte mich in meiner Lieblingsecke, während meine Geschwister weitaus mutiger waren. Da wurde geschnüffelt, an Schnürsenkeln gezogen, geheult, gebellt, Kunststücke gezeigt und gewedelt. Sieben kleine Fellnasen gaben Vollgas und die Zweibeiner aus Köln lachten dabei. Nur mein ebenfalls schüchterner Bruder und ich blieben in sicherer Entfernung. Wir waren absolut unmutig und beobachteten lieber aus unseren Verstecken das bunte Treiben.

»Der da hinten ist aber süß mit seinem weißen Pfötchen und dem weißen Fell auf der Brust. Aber der scheint Angst vor uns zu haben«, hörte ich einen der drei sagen. Damit war wohl ich gemeint. Denn sonst hatte keiner der anderen Welpen eine weiße Pfote.

Waaaaas? Die fanden mich süß? Mich? Das konnte doch nicht sein. Mein kleines Welpenherz pochte extrem laut.

Neugierig schaute ich aus meinem Versteck und sah überrascht, dass die Gäste aus Köln durchaus Nasen und einen Mund hatten und freundlich lächelten. Diese blauen Nase-Mund-Versteck-Tücher mit dem Band waren verschwunden. Oh, wie schön alle drei lachten und mit meinen Geschwistern spielten. Ein wenig neidisch wurde ich da schon und wollte mich wieder traurig in meine Ecke verkriechen, als der weibliche Kölner Zweibeiner auf mich zukam, mich ganz behutsam hochnahm und mit großen blauen Augen ansah.

Das war so, so, so schön und es war kuschelig warm in ihren Armen. Wir schauten uns zum ersten Mal in die Augen und ich spürte sofort, dass dies meine Familie werden könnte. Auch wir Hunde haben so eine Intuition und ein Urvertrauen, und in diesem Moment fühlte ich mich so geborgen wie noch nie. Dann wurde ich weitergereicht zu den anderen beiden, die mich ebenfalls so liebevoll anlächelten, meinen Nacken kraulten und mir ein Mischpudelwohlgefühl gaben. So verbrachte ich eine ganze Weile bei ihnen und war zum ersten Mal in meinem kurzen Hundeleben so richtig glücklich.

Meine Familie …

»Also ich finde die drei frechen Weibchen süß, Ulrike. Schau mal, wie die an meinen Schnürsenkeln ziehen und spielen«, hörte ich den älteren Kölner Zweibeiner sagen und er lächelte so glücklich dabei. Oh nein! Sollten die frechen Mädels nun die Herzen der Kölner erobern und ich würde leer ausgehen? War ich etwa zu langweilig und zu wenig wild, um ein Kölner Hund zu sein?

Ich spürte in meinem kleinen Hundeherzchen ganz viel Schmerz und Traurigkeit.

»Nein, die drei sind uns zu wild. Da wird es zuhause nur Knatsch und Chaos geben, wenn die mal so richtig loslegen. Das meint Max übrigens auch«, antwortete der Zweibeiner, der wohl auf den Namen »Ulrike« hörte.

»Ich bin für den Kleinen mit dem weißen Fleck auf der Brust. Der ist zwar ein wenig scheu, aber der passt am allerbesten zu uns. Lass uns ihm doch eine Chance geben. Was meinst du denn dazu, Mannidraga?«

Ja, das wollte ich wohl auch so meinen. Ich hatte eine Chance verdient und das mit dem »mutig sein« und »keine Angst haben« würde ich dann ja auch noch lernen. Irgendwie. Zudem hatte ich meinen acht Geschwistern etwas voraus. Denn ich kannte nun auch die Namen der drei Zweibeiner aus Köln:

Ulrike, Max und Mannidraga!

Ich konnte sehen, wie der große Zweibeiner nun auch zufrieden nickte und ich spürte, dass sich hier soeben das allergrößte Wunder meines kurzen Lebens auftat. Ich würde ein neues Zuhause in Köln bekommen.

Hurra!

Nun redeten alle Zweibeiner aus Dortmund und Köln untereinander und das ging so schnell, dass ich nicht alles so genau verstehen konnte. Ich hatte nur die Worte »in drei Wochen«, »Impfung« und »Welpenfutter« mitbekommen. Den Rest konnte ich mir dann schon denken.

Jackpot!

Bevor uns die Gäste (meine Familie) wieder verließen, wurde ich erneut sanft hochgehoben und dann wurde mir ein blaues Band um den Hals gelegt. Ich hatte – neugierig, wie ich nun einmal bin – schon vorher gesehen, dass in dem kleinen Kästchen viele farbige Bänder enthalten waren. Da waren gelbe, grüne, rote, weiße und andere Teile zu sehen. Doch ich bekam das blaue Bändchen umgelegt.

Zuerst überlegte ich, wozu dies denn bitte gut sein sollte. Denn es kratzte ein wenig beim Tragen, lag ungewohnt eng um meinen zierlichen Hals und es würde sicherlich auch beim Schlafen recht unbequem sein.

Dann aber kamen mir die blauen Nase-Mund-Versteck-Tücher in den Sinn, die alle drei bei der Ankunft getragen hatten, und da machte es »Klick« in meinem jungen Köpfchen. Das musste demnach das Erkennungszeichen dieser Kölner Familie sein.

Das blaue Bändchen machte mich zu einem von ihnen. Wow, was für eine geniale Idee.

»Habt ihr denn auch eine Ahnung, wie euer Welpe heißen soll? Was kann ich denn bitte hier in den Ausweis eintragen?«, hörte ich meine Dortmunder Zweibeiner-Mama fragen und dann erfuhr ich zum allerersten Mal meinen Namen von meinem neuen Frauchen aus Köln:

»Timmy. Sein Name wird Timmy sein!«

Oh, wie fein, das gefiel mir.

Angekommen

Nun hatte ich in meinen wenigen Lebenswochen schon vieles geschenkt bekommen und war der wohl glücklichste Maltipoo-Welpe auf der ganzen Welt. Ich hatte meine eigene Familie gefunden (oder sie hatte mich gefunden), ich trug das blaue Familienerkennungszeichen um den Hals und hatte endlich auch einen Namen.

Timmy!

Das klang doch wunderbar. Stolz lief ich mit meinem blauen Bändchen durch das Zimmer oder in den Garten und freute mich, dass es bald nach Köln gehen würde. Auch alle anderen acht Geschwister trugen nun so ein farbiges Band um den Hals und hatten ihre eigene Familie gefunden. Bald würde es hier einsam werden für die Zweibeiner, die uns so liebevoll aufgezogen hatten. Das machte mich schon ein wenig traurig, weil ich wohl die meisten nie mehr wiedersehen würde. Zehn Wochen lang war dies mein Zuhause gewesen, auch wenn es mit den frechen Mädels und den kessen Jungs nicht immer ein Zuckerschlecken gewesen war.

Allerdings würde ich die freche Mieze niemals vermissen. Die würde sich künftig jemand anderen zum Kratzen, Beißen und Zanken suchen müssen.

Tschö mit ö!

Ja, das war eine lange Warterei. Jeden Morgen wachte ich schon sehr früh zwischen meinen pelzigen Geschwistern auf, schaute neugierig aus dem Fenster – doch keine blaue Familie war in Sichtweite. Menno, dass die sich so lange Zeit ließen.

Wussten die denn nicht, wie groß meine Sehnsucht nach Köln war?

Dann endlich kam meine neue Familie, nahm mich auf den Arm und knuddelte und herzte mich. Erneut spürte ich, dass alles gut werden sollte. Was für ein tolles Gefühl.

Nach nur kurzer Zeit wurde ich in so ein eckiges Teil gesteckt, was die Zweibeiner wohl Transportbox nennen. Frauchen Ulrike saß hinten neben mir im Auto, während Mannidraga vorne Platz nahm.

Übrigens: Ich habe erst spät herausgefunden, dass mein Herrchen eigentlich Manfred Draga heißt und ab und an von Frauchen auch mal Manni Draga genannt wird. Das macht sie wohl immer davon abhängig, wie sich Herrchen so gerade gibt. Ich kann euch sagen, wenn sie dann laut MANFRED DRAGA zu ihm sagt, ist höchste Alarmstufe gegeben. Da verkrieche selbst ich mich blitzschnell in mein Körbchen so wie früher in meiner Versteck-Ecke im alten Zuhause.

Sicher ist sicher!

Ihr werdet euch nun zu Recht fragen, woher ich den Begriff „Auto" kenne. Nun, in den ersten Wochen meines Lebens bin ich schon in so einem Teil gefahren. Allerdings habe ich daran keine gute Erinnerung, weil alle neun Welpen mit dem Auto zu einem Zweibeiner gefahren wurden, der uns mit so einem spitzen Stöckchen pikste und dann meinte: »So, jetzt sind alle neun Frechdachse geimpft.«

Blöder Kerl – den hasste ich fast so sehr wie die olle schwarze Krallenkatze.

Zurück zum Auto …

Da saß ich nun mit Frauchen hinten, während Herrchen den Wagen und uns nach Köln fuhr. Ich war mächtig gespannt auf mein neues Zuhause und verstand zudem überhaupt nicht, warum ich in dieser komischen Box bleiben musste. Viel lieber wäre ich auf dem Arm gewesen, zumal das Auto extrem ruckelte und zuckelte und mir ein wenig übel wurde. Ich jaulte, piepste, heulte und machte das, was wir Welpen am allerbesten können:

Ich schaute mit meinen unendlich traurigen Augen mein Frauchen Ulrike an! Ihr kennt das sicherlich, wenn wir kleinen Hunde so schauen und man das »bittö, bittö« förmlich in unserem Gesicht lesen kann. Gebt zu – da wird doch jeder butterweich. Oder?

Zack, schon lag ich im warmen Arm, zitterte immer noch ein wenig vor lauter Aufregung, aber es ging mir bedeutend besser als in der kalten, harten Box.

Na, hatte ich doch gut gemacht! Oder?

Dann – nach einer unendlich langen Zeit – waren wir schließlich angekommen in meinem neuen Heim. Endlich konnte ich alles beschnüffeln, bestaunen, beschlecken, erkunden, erobern und mein Revier markieren.

Wie bitte? Markieren? Haha, reingelegt – das machte ich natürlich nicht. Wo denkt Ihr denn hin? Schon sehr früh hatte ich bei meiner Dortmunder Hundemama gelernt, dass Welpen nicht ins eigene Zuhause machen sollen. Das hier war doch schließlich mein neues Wohlfühlnest und somit absolut tabu fürs kleine oder große Geschäft!

Ja, ich musste alles in Ruhe erkunden und war so furchtbar aufgeregt, dass ich schon bald spürte, dass ich …

… na, ihr wisst schon.

Zum Glück ging es geradeaus in den schönen Garten und hier konnte ich endlich mein erstes Willkommenszeichen setzen. Oh, das tat gut nach der langen Fahrt. Prima! Währenddessen standen alle drei Zweibeiner um mich herum versammelt, lachten und freuten sich, als hätte ich gerade einen genialen Zaubertrick aufgeführt.

Geht's noch?

Also mal so ganz im Vertrauen unter uns. Steht ihr auch neben den anderen Familienmitgliedern, lacht und klatscht, wenn die mal ein großes oder kleines Geschäft machen? Ich habe das später in den ganzen Jahren hier in Köln nicht einmal erlebt. Meine Zweibeiner-Familie macht dann immer eine Tür zu und der Rest bleibt artig draußen. Es wird nicht geklatscht, niemand ruft danach »fein gemacht« und keiner kommt mit so einem kleinen Tütchen aus dem Zimmer.

Keiner!

Warum also wird so ein Riesending daraus gemacht, wenn wir Fellnasen mal …? Das hat mir bisher niemand erklären können.

Na ja, zurück zum Garten …

Oh, das war alles fein hier! Viele Bäume, schönes Grün und sogar ein Plätschern von einem Teich war zu hören. Es gab Büsche, ein zweites kleineres Häuschen und ich konnte nirgendwo den Duft eines anderen Hundes ausmachen.

Alles war nun mein Reich! Hurra.

Ich lief einige Runden, so schnell ich konnte, und es war so ungewohnt, dass keiner meiner acht Geschwister mich jagte oder zwickte. Freie Bahn für Timmy. Es gab keine freche Katze und kein Gezanke. Alles war so wohltuend anders und neu. Das alles gehörte nun mir allein. Alles mir allein. Allein …

Oh, jetzt spürte ich doch ein wenig Traurigkeit, weil alles schön, aber auch so anders und ungewohnt war. Ich hatte noch nie eine so lange Zeit ohne meine acht Geschwister verbracht. Zehn Wochen lang war ich immer Teil der Neuner-Bande gewesen. Immer hatte ich jemanden in meiner Nähe gehabt und musste den Tag nie allein verbringen. Doch diese anderen gab es nun nicht mehr. Mein kleines Hundeleben sollte nun einen Neustart erleben. Das musste ich erst einmal alles sacken lassen.

Hundemüde (haha, ja, das passt ganz gut) ging ich zurück in mein Haus und schlief im großen Zimmer auf der kuscheligen bunten Decke ein.

Ich war zuhause angekommen.

Gute Nacht, guten Morgen

Herrchen und Frauchen hatten wirklich an alles für mich gedacht. Ich wusste sofort, wo mein Platz zum Futtern und Trinken war. Es gab ein großes, kuscheliges Wohlfühlnest direkt am Fenster, saftige Leckerlis überall und jede Menge Spielzeug, was so herrlich quietschte und knackte, wenn ich daran knabberte. Das war eine Freude und so musste ich alles natürlich umgehend testen, knacken und quietschen lassen.

Was dachtet ihr denn?

Nur dieses komische Teil in der Wohnzimmerecke konnte ich noch nicht so ganz zuordnen. Da stand so ein großer eiserner Kasten mit Gittern dran. Sehr, sehr merkwürdig anzusehen – gruselig, kalt und so gar nicht mein Ding. Na ja, sicherlich würde ich dem Geheimnis dieses Wohnzimmer-Monsters noch auf die Schliche kommen.

Irgendwann …

»So, Zeit zum Schlafen gehen«, sagte Frauchen wenig später, streichelte und knuddelte mich, ehe sie auch mein Herrchen knuddelte und streichelte. Dann verschwand sie nach oben, wo wohl weitere spannende Dinge und Abenteuer auf mich warteten. Ich nannte es das geheimnisvolle »da oben«.

Doch leider gab es hier ein enormes Timmy-Problem. Denn meine ansonsten liebevolle Familie hatte hier eine fiese Timmy-Sperrzone errichtet und mir den Zugang nach oben mit einem großen Holzgitter verhindert.

Diese gemeine Bande!

Wie konnten die das mit mir kleinen, ängstlichen, zutraulichen Maltipoo-Welpen machen? Jeder weiß doch, dass gerade Vierbeiner in meinem Alter überaus neugierig sind und die ganze Welt auskundschaften möchten – ohne Grenzen, Barrieren und Gitter.

Aber auch das würde ich eines Tages schaffen und den Bereich dort oben für mich erobern.

Keine Frage! Ich würde schon noch Mittel und Wege finden.

Die Schlafenszeit stand nun an. Sanft und so richtig liebevoll wurde ich von Herrchen angehoben und in dieses Monster mit Gittern gesetzt. Danach schloss er die Gittertüre, streichelte kurz meine Ohren (ja, schön, das kitzelte), legte sich auf das lange Teil nebenan, was die Zweibeiner wohl Couch nennen, und sagte: »Gute Nacht, mein Kleiner. Ich werde die kommenden Nächte ausnahmsweise bei dir hier unten schlafen. Also hab keine Angst!«

Doch ich war entsetzt!

Ich war im Welpen-Knast gelandet! Nicht euer Ernst! Gerade mal einige Stunden im neuen Zuhause angekommen und schon sah ich meine schöne, heile Welt durch Gitterstäbe an. Zwar war hier auch ein gemütliches Körbchen zum Kuscheln enthalten und ein Napf mit Wasser – aber so richtig viel Platz zum Toben und Spielen war nicht gegeben.

Zu allem Übel wurde auch noch das Licht im ganzen Haus ausgeschaltet. Nur eine kleine Lampe brannte hier in meiner Nähe. Frauchen und Zweibeiner-Welpe schliefen in diesem geheimnisvollen und unzugänglichen Oben, während Herrchen und ich hier unten ihr Plätzchen hatten. Zahlreiche Gedanken schossen mir durch mein Köpfchen:

- Mussten wir beiden etwa aufs Haus aufpassen?
- Durfte ich als Erster schlafen oder war ich zuerst dran mit Wache halten?
- Was genau sollte ich jetzt tun ohne meine acht Geschwister in meinem neuen Zuhause?

Ich war so furchtbar nervös und schaute fragend hinüber zu meinem Herrchen. Vielleicht wusste er, was nun zu tun war. Doch der rührte sich nicht, sein Mund stand irgendwie merkwürdig offen und ich hörte ein Heulen, Knurren und Brummen aus seiner Richtung kommend. Spielte er etwa mit all meinen schönen Sachen? Dann müsste ich ja auch bald ein Quietschen hören.

Ich lauschte und lauschte – doch da kam nichts aus seiner Richtung. Nein, Mannidraga machte mit seinem Mund diese schönen Geräusche.

Oh, wie fein – er wollte sicherlich mit mir spielen!

Daher holte ich ganz tief Luft und heulte, winselte und kratzte an den Gitterstäben, während er auf der Couch dazu brummte und knurrte. Eine schöne Gute-Nacht-Musik von der Mannidraga-Timmy-Band begann. Oh, was für eine feine Sache.

Plötzlich verstummte sein Brummen und er öffnete die Augen und sah mich an. Dann stand er auf und kam rüber zu mir armen, kleinen, hilflosen Welpen.

»Hey, Kleiner, kannst du etwa nicht schlafen oder musst du mal?«, fragte Herrchen und ich schleckte seine Finger durch dieses Gefängnis und heulte noch lauter. Sicherlich erinnert ihr euch noch an die Autofahrt nach Köln, wo mein

Jaulen und der überaus traurige Blick von Erfolg gekrönt waren. Oder?

So war es auch hier. Die Tür vom Kasten wurde geöffnet und Herrchen holte mich hinaus und nahm mich auf seinen Arm.

Knuddelalarm! Ja. Schön so!

Schnell wurde ich auch in den Garten gelassen, um erneut ein kleines Geschäftchen machen zu dürfen – und dann ging es zurück in meinen Knast. Doch dies nur für eine kurze Weile.

Ein überaus kluger Welpe wie ich – der lernt sehr schnell. Ich hatte begriffen, dass auf Heulen und Piepsen eine Reaktion vom Gegenüber erfolgte. Wie fein. Daher gab es in dieser ersten Nacht einige Wiederholungen von diesem Timmy-rein-und-raus-Spiel, bis ich schließlich völlig erschöpft und hundemüde in meinem Körbchen hinter den Gittern einschlief.

»Guten Morgen, zusammen«, hörte ich Stunden später die nun wohlvertraute Stimme von Frauchen Ulrike. »Habt ihr beiden denn gut geschlafen?«

»Ja, prima«, piepste ich in meiner Vierbeiner-Sprache und wackelte fröhlich und gut ausgeruht mit meiner Rute.

»Oh, frag nicht«, hörte ich das Stöhnen aus Richtung der Wohnzimmercouch.

»Ich habe die ganze Nacht kein Auge zugetan, weil der Frechdachs nicht in seinem Hundekäfig bleiben wollte. Ich bin so müde! Ich brauche ganz schnell einen Kaffee und etwas gegen die entsetzlichen Rückenschmerzen. So eine harte, unbequeme Couch ist wohl nichts für mich alten Mann.«

Na ja, das fand ich nun ein wenig übertrieben. Doch ich musste zugeben, dass Mannidraga ein wenig aussah wie dieser komische verknautschte, vierbeinige Kerl, den ich damals beim Tierarzt gesehen hatte und der auf den Namen Spike hörte. Das war echt eine Mimose von einem Hund gewesen. Ein böser Blick zum Fürchten, spitze lange Zähne, die ihm aus dem Maul standen – doch als er seine Impfung bekam, heulte und jammerte er rum wie eine junge Katze.

So eine Mimose!

Jetzt also war es der erste Morgen in meinem neuen Zuhause! Hurra. Alle möglichen Abenteuer warteten auf mich.

Natürlich wurde zunächst einmal ausführlich geknuddelt und geschmust mit meiner Familie. Ich achtete sehr darauf, dass alle drei ordentlich von mir mit Zunge und Pfötchen begrüßt wurden, sodass niemand zu kurz kam. Ich tobte und sprang und war auch zufrieden, dass mein Herrchen nach seiner langen schlaflosen Nacht auf der Couch nun auch glücklich und zufrieden lächelte.

Wollt ihr übrigens wissen, was ich geträumt habe in der ersten Nacht in Köln? Bei euch Zweibeinern ist es ja sehr wichtig, dass man sich an den ersten Traum in seinem neuen Zuhause erinnern kann. Weil dies dann auch immer etwas bedeutet.

Nun, ich sah meine acht Geschwister mit ihren neuen Familien. Auch da waren alle glücklich, spielten und tobten zusammen und fühlten sich mischpudelwohl.

Der Traum war schon sehr schön gewesen und ich gebe zu, dass mir das Kuscheln mit den anderen acht in dieser Nacht schon ein wenig gefehlt hatte.

Na ja, nur so ein ganz kleines, winziges bisschen.

Der König der Straße

Nach dem leckeren Frühstück, einem kräftigen Schluck aus der Wasserschale und einem kleinen »Besuch« im Garten stand nun der erste Spaziergang mit meiner Familie an.

Wie spannend!

Es war schon etwas kälter geworden, daher zogen alle noch etwas an ihre Pfötchen an, während ich lediglich ein Band um den Hals bekam, an welchem eine Leine befestigt war. Das fand ich aufregend und ich wusste sofort, was nun meine Aufgabe war: Ich sollte meinen Zweibeinern den Weg zeigen, und mit der langen Schnur am Hals war sichergestellt, dass die drei nicht verloren gehen würden. Wie geschickt und clever meine Familie doch war und wie sehr sie mir kleinen Welpen vertrauten.

Da durfte ich sie auf keinen Fall enttäuschen. Ich wollte mir alle Mühe geben und wurde doch eines Besseren belehrt.

Kaum war ich vor der Tür angelangt, zog ich zu einer Seite (wo die vielen grünen Flächen zu sehen waren) und spürte am Hals (autsch), dass Herrchen zur anderen Seite zog.

Nanu? Was war das denn bitte schön? War da etwa jemand bockig und kannte den Weg nicht so ganz?

Na, das wollte ich nun schon genauer wissen. Erneut zog ich in die richtige Richtung, freute mich auf den gemeinsamen Spaziergang und kam doch nur wenige Pfötchen voran. Es machte wieder autsch an meinem Hals! Mannidraga zog am anderen Ende der Leine und wollte partout seinen eigenen Kopf durchsetzen.

Na prima!

Jetzt hatte ich kleiner, cleverer Welpe genau drei Möglichkeiten.

Erstens hätte ich dieses lustige Spielchen hin und her noch einige Zeit durchziehen können. Doch dann wären wir nie von der Stelle gekommen.

Zweitens hätte ich mich einfach stur auf meinen kleinen Welpenpopo hinsetzen und schmollen können. Doch dazu war mir der Boden viel zu kalt und da hätte ich ganz schön gefroren.

Daher entschied ich mich für Lösung Nummer drei und lief brav und geduldig neben meiner Familie mit. Auch wenn ich mir absolut sicher war, dass dies die falsche Richtung war. Aber was macht man nicht alles, um seinen Lieben zu gefallen. Man will es sich ja nicht gleich am zweiten Tag in Köln mit allen verscherzen.

Nun ging es also weiter mit uns vieren.

Liebe Leute, ich kann euch gar nicht beschreiben, was dies für ein zauberhaftes Gefühl war, mit der eigenen Kölner Familie Gassi gehen zu dürfen. Ich war so stolz, genoss die gemeinsamen Schritte und hatte natürlich auch wieder die Führung per Leine übernommen. Die zehn Wochen Zusammenleben mit meinen Geschwistern und auch die Sehnsucht nach ihnen waren wie weggeblasen.

Dies hier war mein Ort, mein Porzer Zuhause und meine Straße und ich fühlte mich wie ein kleiner König. Ja genau, ich fühlte mich wie der König in meiner Straße, in der wir wohnen.

»So ging es mir damals auch, als ich zu meiner Familie kam und das erste Mal Gassi gehen durfte«, erklärte mir Arthur der Große, der sein Herrchen auch jeden Tag an der Leine ausführt. Er lebt schon längere Zeit hier in Porz und kennt sich sehr gut aus. Er weiß, wo es die besten Wiesen gibt, und kann viel lauter bellen als alle anderen Hunde im Ort.

Oh, 'tschuldigung – ich schweife schon wieder ab.

Immer wieder kamen andere große und kleine Zweibeiner auf uns zu, lachten begeistert und fragten ständig danach, was ich schon zu Beginn meines Buchs aufgezählt hatte. Ihr erinnert euch sicherlich, was das Thema stubenrein, Stöckchen und Männchen machen angeht. Als wohlerzogener Hund hätte ich da auch jedem brav geantwortet – aber ich musste mich so derart auf den Weg und die Leine konzentrieren, dass ich für all diese vielen lieb gemeinten

Fragen zu Ulrike, Max und Mannidraga keine Zeit fand.

Na ja, das würde ich dann wohl ein anderes Mal nachholen. Ich war ja nur wenige Pfötchenschritte entfernt von all diesen neugierigen Zweibeinern.

Wir gingen eine große Runde und ich genoss alles und nahm die neue Umgebung in mich auf. Es gab viel zu sehen, zu schnuppern und zu erkunden. Ich witterte viele andere Hunde, die hier in der Umgebung wohnen mussten, und nahm auch den Duft einer Miezekatze auf, die wohl nicht allzu weit weg zu wohnen schien. Na prima, das passte mir so gar nicht, und sofort hatte ich wieder diese fiesen Krallen unseres Dortmunder Monsters vor Augen.

Das konnte ja heiter werden hier im Ort.

Irgendwann spürte ich beim Spazieren, dass mein Leckerli vom Morgen im Bauch drückte und ich in die Hocke gehen musste. Oje, mitten auf dem Weg und keine weiche Wiese in Sicht. Na ja, erstens kommt es immer anders und zweitens, als man denkt. Jetzt noch auf ein wenig Grün zu hoffen – das packte ich nicht mehr. Daher drehte ich mich mehrmals im Kreis, suchte eine passende Position, hockte mich hin und dann …

… dann hörte ich ein merkwürdiges Rascheln hinter mir und drehte mich neugierig um. Mannidraga stand da mit einem komischen kleinen Beutelchen in der Hand, starrte ganz aufgeregt auf mich und wartete auf irgendetwas.

Leute, ich traue mich kaum, dies niederzuschreiben und zu veröffentlichen, aber ich möchte euch auch nicht länger auf die Folter spannen. Immerhin habt ihr für dieses Buch ja gutes Geld bezahlt. Mein Herrchen griff mit diesem Beutelchen tatsächlich dorthin, wo ich gerade die Reste vom Leckerli gelassen hatte, und hob es auf. Ja, wirklich so passiert. Bitte seid nicht geschockt!

Das Ganze trug er dann in seiner Hand (!) als wir zu viert weitergingen, und ich verstand die Welt nicht mehr. Immer wenn uns andere Zweibeiner entgegenkamen, wäre ich am liebsten unsichtbar gewesen, weil ich genau wusste, dass alle nun auf seine Hand schauen und sich ebenfalls über dieses wackelnde Beutelchen wundern würden.

Wie peinlich.

Als wir schließlich an der nächsten Straßenecke ankamen, war der Beutel wie vom Erdboden verschwunden. Einfach weg. Nichts mehr in der Hand.

Mannidraga, der Zauberer.

Mittlerweile bin ich ja ein wenig schlauer geworden und weiß nun ganz genau, was es mit diesen Tütchen auf sich hat. Glaubt mir, das ist immer wieder Stress, wenn ich in die Hocke gehe und Frauchen oder Herrchen augenblicklich mit diesem Teil raschelt, erwartungsvoll stehenbleibt und auf mich schaut.

Aber als Hund ist man ja ein Gewohnheitstier. Alles eine Frage der Routine. Sollen sie dies doch gerne aufsammeln, wenn es sie erfreut. Das machen übrigens sehr viele Zweibeiner, wenn wir Hunde uns hinhocken. Das konnte ich in den letzten drei Jahren immer wieder beobachten. Scheint so ein Hobby von euch Zweibeinern zu sein. Ihr seid schon manchmal sehr sonderbare Erdenbewohner.

Und so frage ich dich, lieber Leser:

Machst DU das etwa auch? Na, sei ehrlich! Hast DU auch deinen Mantel und die Hosentasche vollgestopft mit Tütchen und Beutelchen und suchst den Boden vor dem Haus ab?

Nein, stopp! Ich will es gar nicht wissen.

Zurück zum ersten Spaziergang ...

Ich nahm alles in mich auf beim Gassigehen und war dennoch ein wenig enttäuscht, wie klein dieses Köln doch war. Ich suchte vergeblich das große Wasser, das wunderbare Gebäude mit den zwei spitzen Türmen und all diese bunten Häuser mit den zahlreichen Bäumen. Hatten die Tauben etwa Nonsens erzählt, sich gar mit Köln vertan oder gab es einen anderen

Grund, warum all diese schönen Dinge aus ihren Erzählungen hier beim Spaziergang fehlten?

Nun, das war dann ein weiteres spannendes Rätsel neben dem geheimnisvollen »da oben« meines Zuhauses, was es zu lösen galt. Das musste ich mir unbedingt alles merken.

Nach einer guten Weile und vielen »oh, wie süß«, »willkommen in Porz, kleiner Kerl« und anderen Begrüßungen von Nachbarn und sonstigen Zweibeinern kamen wir schließlich wieder zu Hause an.

Endlich!

Ich hatte so einen großen Durst und trank den halbvollen Wassernapf leer und kleckerte danach ein paar Tropfen auf den Boden. Das mache ich übrigens sehr gerne. Wenn Frauchen oder Herrchen auf der Couch sitzen, springe ich nach dem Wasserschlabbern mit Wucht auf sie und das macht so prima Muster auf den Hosen.

»Oh Timmy, du Frechdachs«, ruft Frauchen dann immer. Ich denke, das macht ihr auch so viel Spaß wie mir, und laufe erneut zum Wassernapf für eine zweite Ladung.

Ja, die erste große Runde um das Haus war beendet. Auch der Rest meiner Familie setzte sich nun müde hin und trank ein Wasser oder etwas anderes, was dunkel aussah, qualmte und ganz lecker roch. Etwas, was ich in Kürze auch kennenlernen würde.

Milchschaum auf dem Kaffee!

Ich legte mich derweil hundemüde vom langen Spaziergang in mein Körbchen, dachte noch viel über all die Eindrücke vom Morgen nach und dann – kurz vor dem Einschlafen – hatte ich zumindest ein Rätsel lösen können.

»Willkommen in Porz, kleiner Kerl«, hatte ein älterer Zweibeiner eben zu mir gesagt. Na logisch, dann konnte ich hier ja auch nicht alles gesehen haben, was die Tauben damals rund um Köln erzählt hatten.

Ich war in Porz gelandet, wo auch immer das war!

Ein Kommen und Gehen

Ich hatte euch ja schon erzählt, wie schön es war, endlich bei einer Familie angekommen zu sein, die einen liebt und immer auch Zeit für mich hat. Jeden Tag konnte ich nach Lust und Laune wählen zwischen Knuddeln, Futtern, Spielen, Gartenbesuch und Gassigehen und habe auch (ich bin ja ein sehr cleverer Kerl) schnell herausgefunden, wer aus der Familie welche Kernkompetenz hat.

Spielen macht am meisten Spaß mit dem jungen Zweibeiner, der Max genannt wird. Der kann prima mit dem Ball spielen, mich durch das ganze Wohnzimmer jagen, bis ich außer Puste bin, und kann viele tolle Kunststücke mit seinen Pfötchen machen. Das ist immer eine große Freude, wenn er sich Zeit für mich nimmt.

Knuddeln und Schmusen geht am allerbesten mit Frauchen. Immer wieder kribbelt es an meinem Bäuchlein oder an den Ohren, wenn sie mich im Arm hält oder ich auf ihren Beinen liegen darf und dann gestreichelt werde. Wenn sie es ganz lieb macht, drehe ich mich auch schon

mal auf den Rücken, sodass der Bauch zum Kitzeln frei liegt. Das ist dann wirklich das Größte für mich, und das dürfte sie gern stundenlang machen. Was bin ich doch für ein Glückshund.

Tja, und mein Herrchen macht all die anderen Dinge, die ein Maltipoo wie ich so im Leben braucht. Vom Gassigehen und diesem Beutel-Sammel-Tick hatte ich ja schon erzählt. Er macht mir aber auch immer meine nassen Pfötchen und das Fell trocken, wenn wir zurück ins Haus kommen. Zudem war ich mit ihm auch schon mehrmals beim Arzt, weil ich mich verletzt hatte oder meine Krallen geschnitten werden mussten.

Ja, so hat jeder seine Aufgaben hier im Haus.

Ach, ihr fragt euch, was ich so den ganzen lieben langen Tag hier im Haus mache? Eine sehr gute Frage.

Nun, ich passe selbstverständlich auf das Haus auf und belle jeden an, der vor unserer Türe steht oder hinten an unserem Gartenzaun entlangspaziert. Da ist es mir völlig wurscht, ob es sich um einen Nachbarn handelt, den Postboten oder den Pizzamann. Ein Timmy muss schließlich sein Revier verteidigen.

Zudem führe ich meine Familie nach wie vor an der Leine und muss zugeben, dass sie Fortschritte gemacht haben und es nun besser geht. Und ich bin natürlich immer sofort zur

Stelle, wenn einer von ihnen traurig ist und dann Trost und eine kalte Stupsnase braucht. Niemand tröstet so genial schön wie ich. Das könnt ihr mir gerne glauben.

Ich spüre sehr schnell, wenn da etwas nicht stimmt oder jemand keinen guten Tag hatte, und dann setze oder lege ich mich ganz nah hin und bin einfach da. Wenn ein süßer Timmy so dicht an seiner Familie hockt, dann macht es was mit der schlechten Laune beim anderen. So ein Maltipoo ist purer Sonnenschein in so einem Moment.

So vergingen die Tage mit der Familie und alles war herrlich sorglos. Bis dieser komische Tag kam.

Es war schon spät und ich lag gemütlich auf der Couch im Wohnzimmer neben Herrchen, als ich von oben so ein aufgeregtes Treiben wahrnahm, was mich natürlich neugierig machte. Irgendetwas ging da vor sich und das schien irgendwie nichts Gutes zu sein.

Das spürte ich sofort.

»Max, hast du alles gepackt? Ich möchte gleich losfahren und nicht so spät ankommen«, hörte ich Frauchen sagen. Doch konnte ich mir noch keinen Reim darauf machen.

Losfahren? Ja, wohin denn? Ohne mich und ohne Mannidraga? Sehr merkwürdig das Ganze.

Wenig später kamen beide runter und hatten viele Taschen und Jacken dabei, die dann alle nacheinander in das Auto getragen und abgelegt wurden.

Ich wurde nervös und mein kleines Herzchen pochte ganz wild. Aufgeregt lief ich hin und her, winselte und heulte und sagte in meiner Timmysprache:

»Hey, ihr dürft jetzt nicht gehen. Wir sind doch eine Familie und machen alles zusammen. Wo ihr hinfahrt, da fahre ich auch mit. Ohne mich geht es nicht.«

Doch niemand schien mich zu verstehen, und so heulte ich noch lauter und schmiegte mich ganz nah und Hilfe suchend ans Bein von Frauchen. Das zog doch immer. Das war doch meine absolute Geheimwaffe.

Endlich nahm sie mich hoch, schaute mir wie damals beim ersten Mal in Dortmund ganz tief in die Augen und sagte, dass ich nun tapfer sein müsse. Sie würden nun in das zweite Zuhause fahren, wegen der Arbeit und der Schule. In wenigen Tagen seien Max und sie aber wieder zu Hause bei mir.

Was? In wenigen Tagen? Tapfer sein? Ein zweites Zuhause? Ich verstand nun gar nichts mehr und wurde dann auch noch schnurstracks an Mannidraga übergeben, der mich in seinen Armen hielt und knuddelte.

Das durfte ja wohl nicht wahr sein.

Derweil stiegen die anderen beiden ins Auto, winkten uns noch einmal zu und dann …

… dann waren Herrchen und ich allein in diesem großen Haus!

Allein, allein.

Eine unendliche Traurigkeit überkam mich. Man hatte mich einfach hier zurückgelassen. Kein Reisekoffer für den kleinen wehrlosen Welpen. Kein Platz im Auto für Timmy. So eine gemeine, sorglose Bande.

Na warte – ich würde denen schon zeigen, was es heißt, einen kleinen Hund einfach so mir nichts, dir nichts zu verlassen.

Ich weiß noch, dass ich mich sofort in mein Körbchen verzogen und sehr lange geschmollt hatte. Der Käfig war übrigens schon seit einiger Zeit aus dem Wohnzimmer verschwunden. Ich wollte nichts mehr futtern, nichts mehr aus dem Wassernapf nehmen und das ganze blöde Spielzeug konnte mich erst recht gernhaben.

Pöh!

Wisst ihr, wie still es in so einem großen Haus sein kann, wenn die Hälfte der Familie fehlt? Da war kein Toben zu hören, keine vertraute Stimme von Ulrike oder Max und mein Herrchen selbst sagte ohne die beiden im Haus auch nicht besonders viel.

Alles war gespenstisch ruhig.

Ich überlegte lange, warum die beiden fortgefahren waren, und hoffte, dass es nicht meinetwegen war. Immerhin war ich ja der Neue in der Familie, machte ab und an Stress und hatte den Alltag der drei ganz schön auf den Kopf gestellt. Doch andererseits wusste ich, dass ich von allen geliebt wurde und mich mein Welpengefühl nicht täuschen konnte.

Nein, es musste einen anderen Grund geben für ihre Abreise. Frauchen hatte ja etwas erwähnt von Arbeit und Schule. Aber so richtig hatte ich das alles nicht verstanden.

Tja, so waren wir nun auf uns gestellt. Alles, was sonst zu viert gemacht wurde, mussten wir beide allein machen, und ich muss zugeben, dass Mannidraga sich alle Mühe gab. Er sorgte für Futter und Wasser für mich, spielte, so gut es eben ging, mit mir Ball und knuddelte mich, während wir beiden auf der Couch saßen.

Doch so sehr er sich auch um ein Wohlgefühl bemühte – so sehr fehlten mir die beiden. Mir fehlte das dolle Schmusen mit Frauchen und das spannende Ballspielen mit Max. Ich spürte zum ersten Mal nach der Abreise aus Dortmund so eine große Sehnsucht und ein Vermissen.

So zählte ich die Stunden und die Tage. Das zog sich alles so sehr in die Länge, dass ich es kaum erwarten konnte, endlich wieder vereint mit allen zu sein. Es musste doch irgendwann einmal Schluss sein mit Schule und Arbeit. Was auch immer das alles sein sollte.

Ich wartete und wartete …

Als ich dann an einem Nachmittag den vertrauten Klang des Autos vor der Tür hörte, sprang ich aufgeregt durch das Haus, heulte und winselte zugleich, und irgendwann kam auch Herrchen auf mich zu und nahm mich in den Arm.

»Ja, die Familie ist wieder zurück. Jetzt beruhige dich mal, Kleiner«, sagte er zu mir. Na, der hatte gut reden. Wusste er etwa nicht, wie sehr ich mich auf das Wiedersehen freute und es nicht gewohnt war, nur zu zweit zu sein?

Dann endlich klingelte es an der Tür. Meine Familie war wieder komplett. Wie fein!

Ihr könnt euch nicht vorstellen, wie hoch und wie wild ein Maltipoo springen und laufen kann, wenn ihn die Freude überkommt. An diesem Nachmittag war ich völlig außer mir, freute mich so unendlich über die Ankunft und wollte mich einfach nicht beruhigen.

Ich war erneut der glücklichste Hund auf dem Planeten und nach all dem Begrüßen und Schmusen lag ich hundemüde auf der Couch neben meinem geliebten Frauchen – und schlief ein.

Tja, liebe Leute und so passiert das hier Woche für Woche in meinem Zuhause. Mal sind wir zu viert und dann wieder nur zu zweit. Es ist ein Kommen und Gehen in unserem Haus und leider flippe ich jedes Mal aus, wenn der Zeitpunkt des Abschieds kommt. Ich kann einfach nichts dagegen tun.

Aber ich weiß, dass ihr mich versteht. Wenn man jemanden so richtig liebhat und sich mischpudelwohl fühlt in seiner Nähe, dann möchte man auch Tag und Nacht zusammen verbringen.

Habe ich recht?

Das geheimnisvolle
»da oben«

Es gibt Dinge im Hundeleben, die man gerne wissen will und die man sich in seinem Köpfchen ausmalt. Da ist die Neugierde extrem geweckt und es ist so spannend.

So ging es mir mit dem geheimnisvollen »da oben«.

Immer noch war da diese Timmysperre in Form eines Gitters gegeben, die mich davon abhielt, einmal alles zu entdecken, was es wohl da oben zu entdecken gab. Ich sah täglich, wie die drei die Stufen auf- und abliefen, hörte ein Rauschen, Quietschen und Klopfen und hatte die wildesten Ideen vor meinen Hundeaugen, was dort wohl alles zu finden war.

Vielleicht gab es da oben einen großen See und viele Bäume, weil ich immer wieder Wasser hörte und ja auch die Zweibeiner irgendwann einmal die Reste ihrer Leckerlis loswerden mussten. Zudem stellte ich mir vor, dass dort auch große gemütliche Körbchen standen, wo Herrchen, Frauchen und Max dann schlafen konnten.

Mittlerweile musste ich armer Welpe übrigens ganz allein hier unten schlafen. Mannidraga wollte nun doch lieber wieder oben sein, um seinen Rücken zu schonen und nicht mehr so verknautscht aufwachen zu müssen.

Zum Dank heulte ich immer wieder einmal in der Nacht auf und freute mich dann, wenn ich dieses »tip-tap, tip-tap« hörte und Frauchen oder Herrchen kurz hinab kamen, um nach mir zu schauen. Ja, auf die beiden war immer Verlass – bei Tag und auch bei Nacht.

Hätte ich jedoch gewusst, was das geheimnisvolle »da oben« bedeutet, hätte ich gerne darauf verzichtet. Zumindest in der anfänglichen Zeit.

An einem Tag war ich mit Herrchen unterwegs und es kam sehr viel Wasser von oben runter. »Mistregen« – so nannte er dies und ich gab ihm jaulend recht. Mein ganzes helles Fell war pitschnass und meine süßen weißen Pfötchen waren plötzlich verschwunden und hatten nun eine ganz furchtbare dunkle Farbe, die auch noch so schwer an mir klebte.

»Oh, sofort nach oben mit euch«, begrüßte uns Frauchen, als wir so an der Türe standen – und Mannidraga packte mich, öffnete das Gitter und trug mich hinauf in die unbekannte neue Welt. Nun endlich würde sich das große Geheimnis lüften.

Ich war schon sehr gespannt – das könnt ihr mir gerne glauben.

Schritt für Schritt ging es hinauf und ich konnte durch die vielen Lücken in der Treppe alles erkennen. Ich sah zum ersten Mal meine Wohnwelt von oben an und da wirkte alles viel kleiner. Der Käfig, mein Kuschelkörbchen und selbst meine ganzen Spielsachen – alles war ein wenig geschrumpft.

Ich fühlte mich auf einmal so groß wie ein Riese. Was für ein schöner Moment. Timmy – der Große! Das musste ich später unbedingt meinem Freund Arthur erzählen. Der würde staunen.

Endlich waren wir oben angekommen, ich schaute mich kurz um und war ein wenig enttäuscht. Keine Bäume, keine Wiese und kein See waren zu sichten. Stattdessen trug mich Herrchen in so ein kleines Zimmer, legte mich in einen riesigen Wassernapf ab und dann …

… dann kam schon wieder so ein Mistregen von oben auf mich zu und ich war im Nu pitschnass. Das Wasser lief sogar über mein Gesicht und ich musste die Augen schließen, weil alles kitzelte, kribbelte und so gar nicht mein Fall war.

Konnte mein Herrchen also auch Mistregen machen mit seinen Händen. Das war ja wohl ein Ding!

»So, und jetzt kommt das Welpenshampoo zum Einsatz«, sagte Mannidraga und schon rieb er mein schönes Fell mit so einem Zeugs ein, was ganz furchtbar roch – so gar nicht nach Wiese, Leckerlis oder Erde. Zuerst kam mein Gesicht dran, dann mein Rücken, der Bauch und auch …

… na ja, ihr wisst schon.

Alles wurde sorgsam mit diesem Zeugs eingerieben. Alles wurde weiß auf meinem Körper und ich sah aus wie ein Schaf, was ich ja erst später in meinem ersten Urlaub kennenlernen sollte.

Ich schüttelte mich ganz heftig, weil mir dies alles nicht gefiel, und konnte nun sehen, wie auch mein Herrchen ein nasses Gesicht hatte und so ein weißes Etwas auf Nase und Hals. Das war ja eine feine Sache.

»Nein, Timmy – nicht. Du Frechdachs. Mensch, schau mal, wie ich jetzt aussehe«, sagte er und lachte dabei. Na, das Spiel machte mir Spaß und so schüttelte ich mich erneut.

Und auch noch ein drittes Mal.

Dann zauberte er schon wieder so einen Mistregen aus seiner Hand und ich machte die Augen zu. Mittlerweile hasste ich dieses »da oben« und wollte viel lieber wieder unten sein, wo es gemütlich war und trocken.

Aber leider war noch lange nicht Schluss.

Ein großes Tuch kam nun zum Einsatz und es wurde gerubbelt und geschrubbt an mir. Manchmal war ich blind, weil das Teil über meinem Kopf gezogen war, und manchmal kitzelte es, wenn mein Bauch und alles andere (ihr wisst schon) drankam.

»Na ja, so richtig trocken wirst du wohl leider nicht. Ich denke, da kann uns nur noch der Föhn helfen«, meinte Mannidraga und zauberte erneut in diesem kleinen Zimmer. Dieses Mal kam ein Wind aus seiner Hand, der mal warm war und mal kühler. Es pfiff und stürmte um mich wie auf der Wiese im Garten. Das alles war nicht so mein Fall, zumal der Wind ganz laut in meinen Ohren dröhnte.

Ihr müsst wissen, dass wir Hunde ein sehr feines Gehör haben. Arthur, der liebe Vierbeiner aus der Nachbarschaft, hatte mal erwähnt, dass er viermal besser hören kann als sein Herrchen. Das fand ich interessant.

Stellt euch nun einmal vor, dass dieser Wind in Herrchens Hand viermal so laut in euren Ohren klingt.

Na, das wäre eine Freude! Ich denke, wir verstehen uns.

Dann war ich endlich trocken, extrem sauer und wollte nur noch hier raus. So schnell ich konnte, lief ich die Stufen hinunter, rutschte über den Boden und sprang in mein rettendes warmes Körbchen. Ich war mir sicher: Das geheimnisvolle »da oben« konnte mir in den nächsten Wochen absolut gestohlen bleiben. Aber zumindest hatte ich nun das Rätsel gelöst.

Eine Acht gehen

Mittlerweile lebte ich schon einige Zeit in meinem neuen Zuhause und wir vier hatten uns irgendwie aneinander gewöhnt.

Wirklich!

Ich konnte schon anhand der Schritte auf der Treppe erkennen, ob es sich um Jung, Frauchen oder Alt handelte. Wenn ihr wollt, verrate ich euch diesen Trick gerne.

Max hat ganz leise, zarte Schritte, die immer von Stufe zu Stufe gleichmäßig aufgesetzt werden. So ähnlich wie eine Katze, die sich anschleichen kann. Das höre ich sofort. Frauchen hat ebenfalls zarte Schritte, wenn sie die Stufen hinuntergeht – aber dies mit mehr Energie, sodass sie immer auch ein wenig schneller unten ist.

Wenn die ganze Treppe poltert, der Boden im Wohnzimmer bebt, das Wasser im Napf über den Rand schwappt und mein Spielball von ganz allein zur Tür hüpft – dann ist es der Auftritt von Mannidraga. Keine Katze, nichts Zartes, aber ganz viel Energie und Gewicht (ich hoffe, dass mein Herrchen dieses Buch niemals lesen wird …).

Ja, wir waren aufeinander abgestimmt und es fehlte uns nichts. Rein gar nichts. Daher ist es mir bis heute ein Rätsel, warum dieser komische Kerl in unser Haus kam und was er genau von uns wollte.

Aber lest gerne selbst und macht euch einen Reim darauf.

Es war ein gemütlicher Nachmittag. Ich hatte gerade meine Leckerlis gefuttert und es mir bequem gemacht in meinem Körbchen. Frauchen und Max waren noch unterwegs, während Mannidraga am Tisch saß und irgendwie nervös schien. Seine Pfötchen zappelten und wackelten. Immer wieder blickte er zu mir und dann zur Tür. Plötzlich klingelte es an der Haustür und natürlich bellte ich los, um unser Heim zu beschützen. Um diese Zeit hatte niemand etwas hier zu suchen.

Wuff!

Herrchen stand auf, ging zur Tür und kam kurz danach mit einem merkwürdigen Zweibeiner zurück, der mir auf Anhieb unsympathisch war. Als er dann auch noch mit seinen dicken Pfoten meine Leckerlis auf dem Boden zu Krümeln stampfte, hatte ich genug gesehen und ging in mein Körbchen zurück.

Blöder Kerl!

»Herr Draga, Herr Draga«, sagte er dann. »Bei Ihnen möchte ich auch gern einmal im nächsten Leben ein Hund sein. Vor lauter Spielzeug weiß ihr Timmy nicht mehr ein noch aus. Das Fressen steht den ganzen lieben langen Tag zur Verfügung wie in einem First-Class-Hotel. Mal ganz abgesehen von den zahlreichen Leckerlis, auf die ich zum Teil schon beim Gang zum Wohnzimmertisch getreten bin. Herr Draga, so geht das alles nicht. Hier muss augenblicklich Ordnung, Struktur und Disziplin rein.«

Was bildete sich dieser komische Kerl bloß ein?

Die beiden setzten sich nun hin und während der Eindringling ohne Punkt und Komma redete, musste Mannidraga schreiben, schreiben, schreiben. Jetzt erst verstand ich kluger Welpe, warum mein Herrchen den ganzen Nachmittag so nervös gewesen war. Es lag an diesem Leckerli-Zerstörer.

Der war an allem schuld und wurde mir dadurch noch viel unsympathischer.

Ich spitzte meine Ohren und bekam so etwas mit wie »Trainingsleine«, »Leckerlis zur Belohnung« und immer wieder »Disziplin, Disziplin, Disziplin«. Ein sehr merkwürdiges Gespräch zwischen den beiden Zweibeinern, die immer wieder abwechselnd in meine Richtung schauten.

Ging es hier etwa um mich? Oje – bitte nicht.

Nach einer Weile standen beide auf und der freche Kerl winkte kurz in meine Richtung und rief »Tschö, Timmy – wir sehen uns dann bald. Sei schön brav.«

Doch ich dachte mir nur:

»Das glaubst aber auch nur du, dass wir uns wiedersehen. In diesem Hundeleben nicht mehr.«

Doch hier irrte ich mich leider zum allerersten Mal in meinem Hundeleben. Denn schon wenige Tage später stand ich mit meinem Herrchen auf einem großen Platz – um uns herum gab es Bäume, viele Autos, komische bunte Eimerchen und vor uns …

… wieder dieser Kerl!

So langsam begriff ich, was hier los war. Er wollte sehen, wie gut ich mein Herrchen an der Leine führen konnte. Na, das hätte er aber auch gleich sagen können.

Schnell zog ich und schon rannte Mannidraga hinter mir her. So, wie es wohl sein sollte. Na ja, manchmal blieb ich auch stehen, weil ich ja Rücksicht auf sein Alter nehmen musste. Wie ihr wisst, ist Herrchen nicht mehr ganz so das neueste Modell.

Wir gingen, stoppten, gingen und stoppten. Immer da, wo ich es für richtig hielt. Na, da würde der freche Kerl aber jetzt staunen, wie gut das alles funktionierte.

Doch der fiese Zweibeiner schüttelte nur seinen Kopf, dann nahm er die Leine in die Hand und sagte:

»Das Wichtige beim Training ist, dass Sie Ihren Hund belohnen, wenn er etwas korrekt macht, Herr Draga. Zu diesem Zweck habe ich immer eine kleine Tasche mit Leckerlis dabei, denen kein Vierbeiner widerstehen kann. Das sind kleingeschnittene frische Leberkäsewürfel. Beobachten Sie und staunen Sie, Herr Draga.«

Der Einzige, der staunte, das war ich. Hatte der sich jetzt wirklich meine Leine geschnappt und wollte sich von mir führen lassen? Das konnte er aber so was von vergessen. Ich hatte doch bereits meine Familie und brauchte kein weiteres Herrchen. Daher blieb ich stur stehen, während der Zweibeiner ging, an der Leine zog und wohl darauf wartete, dass ich ihm folgte.

Pöh!

Nun schaute er ganz böse auf Herrchen und dann in meine Richtung. Was sollte ich tun? Einerseits hatte der mir gar nichts zu sagen. Andererseits schaute ich zu Mannidraga, der wieder so nervös aussah wie vor Tagen zuhause am Tisch sitzend. Wenn ich jetzt bockig blieb, würde das nicht besser werden mit ihm und seinen Nerven.

Daher machte ich den Spaß mit, lief und stoppte und stoppte und lief. Der komische

Kerl neben mir lachte und dann hielt er mir etwas hin, was ich wohl futtern sollte. Ich dachte wieder an Mannidraga, biss kurz hinein, um dann das ganze eklige Leckerli im hohen Bogen auszuspucken. Pfui, das schmeckte so gar nicht! Immer wieder hielt er mir ein Teil hin und immer wieder ließ ich es auf dem Boden landen.

All diese Leberkäsewürfel durfte er gerne selbst futtern.

Nun war der nervige Zweibeiner der Nervöse, während mein Herrchen lachte und sich wohl über meine Kunststückchen freute. Da hatte ich wohl alles richtig gemacht!

Ja, ich bin schon ein feiner Kerl!

So endete der Tag, aber ich ahnte, dass es noch weitere Begegnungen geben würde.

Beim nächsten Treffen war mein Frauchen dabei und ich war mir sicher, dass es heute keine ekligen Leckerlis vom komischen Zweibeiner geben würde. Denn ich hatte zuhause gesehen, wie Frauchen etwas für mich vorbereitet und in ein Beutelchen gesteckt hatte. Ich meine damit aber jetzt nicht die Beutelchen für …

… na ja, ihr wisst schon. Das wollte ich nur noch schnell klarstellen.

Schon sprach er mein Frauchen an:

»Schön, dass Sie heute mit dabei sein können und Ihren Mann begleiten. Dann fangen wir gleich mit Ihnen an. Ich möchte, dass Sie mit Ihrem Timmy um diese orange-weißen Pylonen Gassi gehen in Form einer Acht. Ich möchte einfach, dass Sie eine Acht gehen.«

Ich sah Frauchen fragend an, sie sah mich fragend an – dann liefen und stoppten wir, wir stoppten und wir liefen. Fragt mich jetzt bitte nicht, ob das nun diese besagte Acht war – keinen Schimmer, was wir da gerade machten. Ich fand das alles ziemlich langweilig und hätte viel lieber Katzen in unserer Straße gejagt oder Vögelchen von unserer Wiese vertrieben. Das kann ich nämlich recht gut. Seitdem ich der Herr des Gartens bin, ist unsere Wiese wie leergefegt.

Auf die Leckerlis von Frauchen hatte ich jetzt beim Acht-Laufen auch keine Lust und spuckte diese aus (eigentlich mag ich die sonst ganz gerne). Ich dachte mir – clever wie ich nun einmal bin –, warum ich hier um eine Belohnung rennen sollte, wenn ich spätestens zuhause alles in meinem Futternapf prall gefüllt vorfinden würde. Das wäre doch jetzt albern gewesen. Oder?

Darauf, an der Leine mit Herrchen zu gehen, hatte ich ebenfalls keine so große Lust, und als der fiese Zweibeiner auch noch geführt werden wollte, machte ich einfach nicht mehr mit. Ich wollte nur noch nach Hause und setzte mich bockig hin.

»Also so etwas habe ich auch noch nicht erlebt. Ihr kleiner Timmy ist wirklich ein absolut sturer Kerl«, hörte ich dann – und ich gebe zu, dass es mich irgendwie stolz machte.

So vergingen die Wochen. Wir trafen uns noch mehrmals mit dem Grobian, ich brachte ihn jedes Mal zur Verzweiflung und dann fuhren wir wieder nach Hause. Ich habe den ganzen Sinn unserer Treffen nicht wirklich verstanden, zumal Frauchen und Herrchen auch noch viel Geld bezahlt haben, damit ich den Frechdachs ärgern kann. Na, das hätte ich auch gratis für meine beiden Lieben gemacht.

Sozusagen eine Timmy-Zankeinlage zum Nulltarif.

Jaja, das war eine merkwürdige Zeit. Aber so ab und an denke ich noch an ihn. Ich sehe ihn dann vor mir, wie er seine Leberkäsewürfel ins Beutelchen füllt, dabei immer wieder »Timmy, nein dieser Timmy« schimpft und sich auf den Weg macht zum nächsten Vierbeiner.

Mögt ihr etwa so einen Leberkäse? Lauft ihr auch täglich eine Acht mit eurem Vierbeiner – oder gar allein ohne Leine?

Fragen über Fragen, ich weiß …

Auf großer Reise

Ihr Zweibeiner seid schon eine eigenartige Mischung. Das ganze liebe lange Jahr geht ihr morgens aus dem Haus und kommt am Nachmittag völlig kraftlos zurück, damit wir euch mit unserer kalten Stupsnase und all unserer Liebe wieder aufbauen dürfen.

Nicht, dass ich dies nicht gerne tun würde. Ich mag es, die Treppe runterzulaufen, um glücklich ans Bein meines Mannidraga zu springen, der sich dann so herrlich freut. Das ist unser bewährtes Begrüßungsritual, und das darf auch gerne so bleiben.

Dennoch frage ich mich, warum er jedes Mal so müde nach Hause kommt und warum er morgens überhaupt weggeht, wenn er doch weiß, dass dies jeden Nachmittag so endet? Gähnen, Couch und Schlaf. Kein Vierbeiner würde so dumm sein und dies tagtäglich wiederholen. Viel lieber hocken wir im gemütlichen Körbchen und schauen der Welt stressfrei durchs Fenster zu – und knabbern dabei ein Leckerli.

Aber so seid ihr Zweibeiner nun einmal …

Doch es gibt diese besondere Zeit im Jahr, in der dies ganz anders ist. Da ist jeder für den anderen da und niemand geht früh hinaus und kommt spät müde wieder. Ich erinnere mich noch gut daran, als ich zum allerersten Mal dabei sein durfte.

Urlaub …

Als kluger Maltipoo spürte ich schon recht bald, dass irgendetwas anders war in meinem Zuhause. Auf einmal waren alle drei da, blieben auch und hatten viel Zeit – auch für mich.

Wie schön!

Ich konnte nun auch schon die Treppe hinauflaufen, die nicht rutschig war, weil da gemütliches Fell auf jeder Stufe gelegt worden war. Angst hatte ich mittlerweile auch keine mehr – weder vor der Höhe noch von dem »da oben«.

Ich wusste ja nun genau, was mich dort alles erwartete. Na ja, und diesen Mistregen ließ ich ab und an über mich ergehen und freute mich jedes Mal, wenn ich auch Herrchen durch mein Schütteln nass machen durfte.

Strafe musste schließlich sein.

Jedenfalls war damals eine merkwürdige Zeit angebrochen. Überall lagen Taschen, Koffer und Beutel in meinem Weg. Ich beschnupperte alles neugierig, doch konnte ich mir noch keinen Reim auf alles machen.

»Na Timmy, freust du dich schon auf unseren Urlaub?«, fragte mich Frauchen. Na, das hätte ich gerne gemacht, wenn ich genauer gewusst hätte, was das bedeutet.

»Wir fahren ans Meer und da hast du ganz viel Auslauf, wirst Möwen sehen und viele andere Hunde. Das wird dir gefallen!«

Ich bellte ganz laut, was so viel heißen sollte wie: »Oh prima – endlich einmal Gassi gehen ohne Leine!« Doch konnte ich mit dem Begriff »Urlaub« immer noch nichts anfangen. Na ja, ich würde mich wohl gedulden müssen.

Bei einer meiner Runden mit Mannidraga, der nun perfekt hinter meiner Leine lief, traf ich Arthur. Ihr wisst schon, wen ich meine. Er erklärte mir dann ausführlich, was Urlaub ist, und ich staunte.

»Ja, Urlaub ist etwas Feines, Timmy. Für alle Zweibeiner, aber auch für uns. Da fährt man weit weg mit dem Auto und hat den ganzen Tag die Familie um sich. Da lachen alle, spielen miteinander und niemand hat Stress. Du wirst das Meer sehen, besondere Leckerlis bekommen und im Sand spielen können. Es wird so ganz anders sein als hier in Porz. Freu dich darauf. Urlaub ist die unmüde Zeit der Zweibeiner.«

Die unmüde Zeit der Zweibeiner – das klang prima.

Dann war es endlich so weit. Es war noch dunkel draußen – doch meine Familie war schon wach, aufgestanden und trug die vielen Taschen und Koffer in den Wagen. Erstaunlich, was da alles hineinpasste. Merkwürdig, was Zweibeiner so alles brauchen für diesen Urlaub. Ich entdeckte auch mein Körbchen und meinen Wassernapf zwischen all den Dingen und dachte mir: »Na, schaut her – mehr braucht euer süßer Timmy nicht.«

Dann wurde auch ich ins Auto gesetzt – direkt neben Frauchen – während Mannidraga und Max vorn einstiegen.

Die Reise begann ...

Leute, Leute – das hatte Arthur vergessen, zu erwähnen. Vor dem Buddeln im Sand und diesen unmüden Tagen musste ich armer kleiner Welpe viele Stunden im Auto aushalten. Was für ein Stress! Sicherlich erinnert ihr euch noch an die Geschichte, als ich von Dortmund aus nach Köln gefahren wurde und es mir so gar nicht gefiel. Nun war der Weg (das hatte ich von Frauchen irgendwie gehört) von Köln an das Meer achtmal so lang.

Auweia!

Ich gab alles. Ich piepste, heulte, winselte, fiepte, zitterte und jaulte. Immer wieder sprang ich nervös auf Frauchens Schoß und wieder zurück in mein Körbchen. Ich versuchte, ein wenig zu schlafen, zu meditieren oder machte meine Atemübungen. Doch nichts von alledem half – die ganze Fahrt hindurch war ich das reinste Nervenbündel und unendlich glücklich, als wir endlich am Ziel angekommen waren. Zumindest hielt Mannidraga das Auto an und alle stiegen aus.

Ich sprang auch hinaus, schaute mich kurz um und wollte schnurstracks wieder zurück in den Wagen. Denn was ich da draußen sah und mir in meine feine Nase kroch, das gefiel mir absolut nicht! Kein Wasser, keine Bäume, kein Sand – nur jede Menge Autos und eklige Luft. Sollte das die vielgepriesene Brise des Meeres sein?

Pfui! Nee … lieber wieder zurück nach Köln.

»Pause, Timmy«, sagte Herrchen dann. »Mach mal schön dein Geschäft, damit wir danach zügig weiterfahren können!«

Wir waren an so einem Zwischenzielplatz angekommen, wo jeder Zwei- und Vierbeiner und Pause machen durfte. Ihr ahnt, was dann kam. Mannidraga zückte eines dieser verflixten Beutelchen und wartete auf meine Spende.

Na ja, ich ließ ihn nicht allzu lange betteln und warten – schließlich wollte ich ja endlich ans Ziel.

Weitere drei Stunden später war dann wirklich Ende mit Autofahrt.

Sylt!

Freudig erregt sprang ich aus dem Wagen, schüttelte mich erst einmal so richtig durch und war nun bereit für all die Abenteuer. Dieser Urlaub durfte gerne hier, jetzt und sofort beginnen. Zack!

Doch weit gefehlt und leider viel zu früh gefreut. Alles, was am Morgen mühevoll in den Wagen gepackt wurde, musste nun auch wieder hinaus und in unser neues Zuhause getragen werden. Daher ging es nun erst einmal hin und her, her und hin. Es war zum Verzweifeln mit den Zweibeinern.

Wie sollten die ihre unmüden Tage genießen, wenn der Urlaub daraus bestand, eine Armee von Taschen und Koffern von A nach B zu schleppen? Ich schüttelte mich und trabte bockig hinterher.

Auch das hatte mir mein Freund Arthur zum Thema Urlaub verschwiegen. Na warte, dem würde ich was nach diesen Tagen auf Sylt erzählen.

»So, jetzt geht's erst einmal an den Strand mit uns«, sagte Frauchen dann und ich bellte laut, um dies zu bestätigen. Ich war so was von bereit. Schließlich hatte ich so viele Stunden warten müssen auf diesen Moment.

»Aber erst einmal müssen wir uns noch schnell umziehen.«

Nein!

Doch – so war das dann. Leider. Alle drei verschwanden in den Zimmern, die Taschen wurden ausgepackt, alles achtsam in den Schrank gehangen oder gelegt und schließlich lange Hosen an den Beinen gegen kurze Hosen getauscht. Das alles dauerte wieder länger, als mir lieb war. Letztendlich ging's dann zu viert nach draußen in den Urlaub.

Während ich so mit meiner Familie spazierte und all die vielen neuen Eindrücke in mich aufnahm, schaute ich immer wieder einmal auf zu den dreien – und ich staunte. Tatsächlich war da ein Lächeln bei allen im Gesicht zu sehen und so eine gewisse Freude. Ihr Gang war gelassener und ohne Stress. Die gesamte Körperhaltung hatte sich verändert. Diese unmüde Zeit schien begonnen zu haben.

Wie fein!

Den ersten Blick auf das viele Wasser und den Sand werde ich niemals in meinem Hundeleben vergessen. So etwas hatte ich noch nie gesehen und dachte an die Worte von Arthur. Er hatte dieses eine Mal tatsächlich recht gehabt. Alles hier war schön und so lächelte ich.

Ja, da habt ihr richtig gelesen. Wir Vierbeiner können ebenfalls lachen, auch wenn dies unter all dem Fell kaum zu erkennen ist. Und dies tat ich in genau diesem Augenblick auf Sylt.

Überall sah ich glückliche Zweibeiner. Kleine und große spielten zusammen im Sand, freuten sich und waren laut. Urlaub war wohl für alle eine Zeit, wo man anders war als zuhause. Wie verrückt, dass man viele Stunden mit dem Auto fahren, Taschen einpacken und auspacken muss, um dann endlich glücklich zu sein.

Ich schaute mich neugierig um. Suchte – und doch fand ich nichts. Nanu, es gab keinen

einzigen Hund dort unten. Wie konnte das denn bitte schön sein? Hier oben zogen viele von uns ihre Frauchen und Herrchen an der Leine – so wie ich ja auch. Aber dort unten, wo es wirklich viel mehr Spaß zu geben schien, war keine einzige Fellnase zu sehen.

Fragend schaute ich hinauf zu Mannidraga und ob ihr mir glaubt oder nicht – er erkannte sofort, was ich wissen wollte. Es gibt so eine ganz besondere Verbindung zwischen uns und ein Verstehen, auch wenn er eine ganz andere Sprache spricht.

»Ja, Timmy – das hast du richtig erkannt. In diesem Bereich dürfen Hunde nicht an den Strand. Das ist strengstens verboten und da wird man ordentlich zur Kasse gebeten bei einem Verstoß. Zum Hundestrand müssen wir ein wenig weiter gehen. Er ist gleich da vorne.«

Erneut staunte ich über die Zweibeiner. Die machten zwar gerne Urlaub mit Familie und uns geliebten Vierbeinern – aber wenn es dann um den Spaß zusammen ging, musste man zu einem Hundestrand gehen. Arthur würde sich totlachen, wenn ich dies später erzähle.

Ja, und so spürte ich bald meine Pfötchen im warmen Sand und auch ein wenig im Wasser, was mich wohl ein wenig ärgern wollte. Denn mal war es da, um dann wieder zu verschwinden. Das kam und ging, wie es ihm gerade gefiel. Verrücktes Meer, sage ich euch. Verrückt und doch auch so schön kühl für meine Pfötchen.

Das war eine wirklich schöne Zeit auf Sylt – vor allem, weil ich die ganze Familie um mich hatte. Niemand musste am frühen Morgen raus und niemand kam müde am späten Tag nach Hause. Es gab saftige Leckerlis und noch viel mehr Streicheleinheiten als in Porz.

Das war eine feine Sache mit diesem Urlaub.

Auch das Zuhause war gemütlich. Ich hatte mein warmes Körbchen gleich neben Frauchen hingestellt bekommen. Spielzeug war auch dabei, sodass ich quietschen, kauen und knacken konnte. Von den vielen Fenstern aus konnte ich diese großen Tauben beobachten, die nie Ruhe geben wollten. Die machten Tag und Nacht so einen Lärm, dass ich immer wieder wach wurde. Auch meine Familie war nach wenigen Tagen ganz schön genervt. Auf Sylt nennt man die Tauben übrigens Möwen. Das hatte Arthur wohl auch nicht gewusst und so freute ich mich, dass ich ihm etwas beibringen konnte.

Zudem gab es hinter dem Haus einen großen Garten, wo ich auch mal – na ja, ihr wisst schon …

Alles war wirklich anders hier und doch auch gemütlich. Ich begriff so langsam, dass Urlaub gar keine so schlechte Sache war. Na ja, mal abgesehen von der langen Fahrt, dem Packen und dem vielen Hin und Her mit den Taschen.

Aber eine Sache muss ich euch noch schnell erzählen. An einem Tag fuhren wir ganz nach oben auf diesem Sylt, weil dort wohl der schönste Platz sein sollte. Es dauerte ein wenig und das Auto ruckelte und wackelte, bis wir dann endlich aussteigen konnten.

Ich schüttelte mich und kratzte mich hinter meinem Ohr, als ich so ein lautes »Bääh« hörte und gleich danach noch ein »Bääh«. Das Geräusch war mir neu und so schaute ich mich um. Doch ich sah nur meine Familie dort stehen, von denen ich wohl jede Stimme und jeden Ton kannte. Da machte niemand »Bääh«.

Nein, das musste von woanders hergekommen sein.

Ich lief neugierig suchend um das Auto herum – und da stand auf einmal dieses Bääh-Tier! Ich erschrak und bellte laut vor Aufregung. Da waren vier Pfoten zu sehen, ein dicker Bauch und ein kleiner wuschiger Kopf. So etwas hatte ich noch nicht gesehen – und so knurrte ich ein wenig, um meine Familie zu beschützen. Wer weiß, was dieser komische Vierbeiner im Schilde führte.

»Hey, aus, Timmy! Das sind doch liebe Schafe, die mehr Angst vor dir haben als umgekehrt.

Die tun nichts – die wollen den ganzen lieben langen Tag nur fressen.«

Das hatte Frauchen gut erklärt und sofort war ich still. Niemand von uns war also in Gefahr. Denn wenn jemand den ganzen Tag nur ans Fressen denkt und einfach nur »Bääh« ruft, anstatt zu knurren oder zu bellen, dann durfte der auch in unserer Nähe bleiben.

Als ich wenig später erfuhr, dass man Schafe braucht, damit man sich warm anziehen kann, hatte ich sogar ein wenig Mitleid mit ihnen. Was für verrückte Dinge die Zweibeiner doch machen und wie gut, dass mein Fell nicht so schnell wächst wie bei diesem Bääh-Tier.

Ich konnte es kaum erwarten, all dies meinem Freund Arthur zu erzählen. Von diesem schönen Urlaub, der wirklich unmüde macht, den Möwen oder Schafen und von dem Sand, den ich auch noch auf der Fahrt nach Hause in meinem Fell hatte.

Soll ich euch noch etwas verraten? Nun, meine Familie fährt bald wieder dorthin mit all den Taschen, Beuteln, Koffern und natürlich auch mit mir!

Ich freue mich schon …
Bääh!

Ein Bett für drei

Hallo, liebe Leser, an dieser Stelle übernehme ich mal das Ruder und führe euch durch die weiteren Timmy-Geschichten. Ich bin übrigens das Herrchen dieses kleinen Frechdachses, also der besagte Mannidraga oder einfach nur euer Manfred.

Da habe ich die Fellnase doch tatsächlich beim Tippen an meinem Computer erwischt und musste staunen, was der clevere Kerl so alles kann. Ich denke mal, er muss mich all die Jahre im Homeoffice beobachtet haben. Na ja, ich ahnte schon lange, dass Timmy schlauer ist als andere Hunde – aber, dass er nun auch am Rechner arbeiten kann, das beeindruckt mich schon ungemein.

Wow!

Alles, was unser Maltipoo euch bisher geschildert hat, stimmt auch. Na ja, mal abgesehen vom dünnen Haar bei mir und dass ich angeblich schnarchen und die Treppe hinunterpoltern soll. Das bestreite ich doch zutiefst. Das ist alles frei erfunden und da ist kein Fünkchen Wahrheit dran.

Echt nicht! Nein! Niemals! Würde ich euch anlügen? Ich bitte euch …

Ja, so ein Leben mit einem Hund ist eine unendliche Bereicherung für jeden von uns. Schon als meine Frau damals sagte: »Komm, lass uns mal die neun Welpen in Dortmund anschauen«, war mir klar, dass wir nicht ohne eine dieser frechen Fellnasen zurückkommen würden. Im Handumdrehen hatten sie uns um den Finger gewickelt, unsere Herzen erobert und für Wärme an diesem kalten Oktobertag gesorgt. Neun kleine Energiebündel und drei völlig beseelte und verknallte Kölner.

Was für eine schön verrückte Zeit – trotz Corona und der Maskenpflicht.

Klar hatten wir uns vorher Regeln aufgestellt, weil so ein kleiner Welpe auch Disziplin und Ordnung im Leben braucht. Genauso bewusst war uns, dass wir keine Chance haben werden, wenn uns Timmy mit diesem ganz besonderen Blick anschaut, die Ohren spitzt und dabei den Kopf zur Seite legt.

Keine Chance! So eine Fellnase kennt sämtliche Tricks und Finessen.

Zumindest beim Thema Bett wollten wir dann doch hartnäckig bleiben. So ein Hund darf gerne vor oder auch im Schlafzimmer die Nacht verbringen, damit die Nähe zur Familie gegeben ist. Wir hatten in den ersten Wochen ja erlebt, wie sehr Timmy dort unten im Wohnzimmer litt und winselte, wenn er allein übernachten musste. Daher kauften wir ein drittes Kuschelnest (Nummer eins und zwei befinden sich im Wohnzimmer und Keller) und stellten es vor die Türe des Schlafzimmers ab.

Leute, das funktionierte super. Jeden Abend nach dem letzten Gassi-Gang folgte uns der Frechdachs nach oben, legte sich dann in sein Körbchen – und schlief. Wir hatten vorsorglich Türgitter angebracht, die einen Zutritt verhinderten und uns eine störungsfreie Nacht garantierten.

Ab und an hörte ich, dass Timmy nachts an die einzelnen Zimmertüren schlich, um zu checken, ob alles mit seinen drei Lieben okay war. Er ist eben eine echte Beschützerseele. Dann nahm er noch einen kräftigen Schluck aus dem Wassernapf und schlief weiter.

Ja, das hätte so schön bleiben können. Aber …

… aber so ein Hund erobert auf clevere Art und Weise seine Gebiete, erweitert sein Revier strategisch geschickt Tag um Tag und ehe man sich versieht, hat er das Haus komplett eingenommen.

So schaffte es Timmy auch hier bei uns. Nach wenigen Wochen sah es wie folgt aus:

- in der Diele eine Kiste mit diversem Hundegeschirr, Leinen und Handtüchern
- auf dem Fliesenboden im Wohnzimmer zahlreiche Näpfe, Töpfe, ein Körbchen, Spielsachen, Handtücher und Leckerlis
- auf der Couch des Wohnzimmers ebenfalls Spielzeug und geklaute Socken
- im Keller ein zweites Körbchen, damit Timmy auch dort das Geschehen (Waschmaschine, Wäschetrockner, Bügeleisen und Bügelbrett) beobachten kann
- in der Diele des ersten Stockwerks das besagte dritte Körbchen vor dem Schlafzimmer mit einem Wassernapf daneben für den Durst in der Nacht
- Gitter an den drei Türen der obigen Zimmer
- Im Badezimmer ein Welpenshampoo, das ich an einem verpennten Morgen fast aufs eigene Haar gekippt hätte. Gott sei Dank konnte ich noch früh genug den Fehler erkennen. Wirklich. Würde ich lügen? Niemals … (Mann oh Mann, was klebte das!)

Wir haben es aber mit viel Mühe geschafft, der Fellnase beizubringen, dass die Küche absolut tabu für ihn ist. In der Tat darf ich mit Stolz verkünden, dass sich Timmy bis zum heutigen Tag darangehalten hat. Na ja, so hin und wieder liegt er mit Kopf und Vorderpfote auf dem Küchenboden, während der Rest im Wohnzimmer verbleibt – aber er wird sich hüten, ganz in die verbotene Zone zu schleichen.

Wehe, Timmy – wehe!

Zurück zum Schlafzimmer und dem Bett:

Ja, so schlief der Hund gemütlich in der Diele und der Rest der Familie in den beiden Zimmern. Was für eine Ruhe.

Morgens – meist so gegen 6 Uhr – machte sich Timmy dann mit Winseln und Heulen am Gitter bemerkbar, sodass es Zeit für den ersten Gang nach draußen war. Schnell war ich notdürftig angezogen und kurz mit ihm vor der Tür, was je nach Witterungslage nicht immer so erbaulich war. Aber wir hatten uns ja vorher geschworen, dass ein Hund niemals Ballast werden würde und alles zum Wohl des Tieres sein sollte. Also auch bei Schnee, Eis, Wind und Regen lief ich brav hinter dem »Chef« her und sagte »fein gemacht«, wenn ein Geschäft erfolgreich abgeschlossen wurde. Brrrr …

Da auf sein intensives Jaulen am Schlafzimmergitter immer eine prompte Reaktion erfolgte (ihr erinnert euch an das Thema Mannidraga und die Couch), begriff unser Vierbeiner allzu schnell, dass er sich nicht immer stringent an diese Uhrzeit halten musste. Das Ergebnis ließ nicht lange auf sich warten:

Nun wurde auch mal um 5 Uhr morgens oder auch weitaus früher geheult – ohne dass seine Welpenblase wirklich zwickte.

Der Kampf am Morgen begann – todmüder Mensch gegen sturen, wachen Hund.

Das erste zaghafte Piepsen überhörten wir geflissentlich und dachten uns, dass dies gleich vorbei sein würde. Wir schauten nicht auf, zogen leise und ganz behutsam die warmen Bettlaken höher bis ins Gesicht – und schliefen wieder ein.

Doch da hatten wir die Rechnung ohne unseren Vierbeiner gemacht.

Nun wurde das Piepsen verdoppelt oder verdreifacht, sodass wir irgendwie reagieren mussten mit Kopf anheben, Blick zur Tür und einem »Psst, Timmy – es ist noch zu früh«. Die leise Hoffnung war da, dass der Hund einen verstand und auch durchaus ein Einsehen mit dem müden Frauchen und Herrchen hatte.

Pustekuchen – der Vierbeiner blieb stur.

Es verging gefühlt eine weitere Minute, ehe Eskalationsstufe drei einsetzte und einen Verbleib im gemütlichen Ehebett unmöglich machte. Denn nun wurde geheult, gewinselt, am Gitter gescharrt und auf Drama gemacht, als stünde eine Horde Einbrecher unten im

Wohnzimmer und würde alle Spielsachen und Leckerlis stibitzen.

Kurzum – das Gitter wurde geöffnet, der Hund kam ins Schlafzimmer und da es noch viiiel zu früh fürs Gassigehen und viiiel zu gemütlich unter dem warmen Laken war, durfte der fellbesetzte Mister Drama ins Bett.

Clever gemacht, richtig? Wohlgemerkt vom Hund – nicht von uns.

Tja, der Rest ist schnell erzählt. Das Gitter wurde kurz danach entfernt, Timmy springt seitdem nach Lust und Laune aufs Bett rauf und wieder runter – und nachts liegt er selbstverständlich zwischen meiner Frau und mir. Ab und an hat er auch Mitleid mit uns, springt in sein Körbchen und nächtigt dort. Doch die meiste Zeit genießt er die frischen Laken und die Nähe zu seiner Familie. Wenn ich dann nachts wach werde, muss ich schmunzeln. Denn der Kerl liegt tatsächlich auf dem Rücken während Vorder- und Hinterbeine Richtung Zimmerdecke zeigen.

Ja, in solchen Momenten bin ich dankbar, dass wir uns beim Kauf des neuen Schlafzimmers für ein größeres, breiteres Bett entschieden hatten.

Als hätte ich dies damals schon geahnt …

Kamera läuft!

Wie schon erwähnt, kam Timmy zu einer Zeit in unser Haus, als die Seuche Corona im Land wütete und Angst und Panik verbreitete. Hätte uns jemand vor Jahren erzählt, dass wir alle mit Masken im Gesicht einkaufen, extremen Abstand halten und mehrmals am Tag die Hände desinfizieren würden – wir hätten denjenigen für verrückt erklärt und womöglich in eine Gummizelle wegsperren lassen.

Aber dann kam dieses Virus und verbreitete sich unsichtbar, tückisch und auch tödlich auf dem ganzen Erdball. Händeschütteln, was früher als Zeichen der Höflichkeit galt, ließ man sein. Wer sich nur kurz verdächtig räusperte, wurde sofort dazu angehalten, einen Test zu machen. Das Büro wurde gemieden und stattdessen Homeoffice gemacht.

Tja, und mit Homeoffice kam endlich die Chance, dass wir uns einen Hund anschaffen konnten, weil ich dann den Großteil des Arbeitslebens von zuhause aus bewältigen konnte. Da hatte uns Corona dann doch auch etwas Gutes getan – irgendwie.

In den ersten Wochen hatte ich schon arge Bedenken, dass Timmy mich allzu sehr vereinnahmen und ich den Switch zwischen Welpe und Arbeit nur mit viel Stress hinbekommen würde.

Aber es funktionierte prima. Das lief wirklich wie am Schnürchen.

Der kleine Frechdachs schlief viel, konnte sich stundenlang allein beschäftigen und Zeit zum Gassi gehen war auch. Meine Arbeitsleistung litt nie unter diesen neuen Bedingungen. Das wird euch jeder meines Kollegenkreises bestätigen können. Fragt gerne nach bei Bettina, Barbara oder Georg.

Auf Mannidraga war stets Verlass.

Zudem spürte ich, dass mich Timmy so sehr bereicherte und ich die Pausen mit Knuddeln und Herzen mega genoss. Da war auf einmal so ein Seelchen in unserem Haus, was mir beim Arbeiten zusah, mich mit seinem Schalk im Nacken zum Lachen brachte – und mich anspornte, mich in den freien Zeiten auch mal wieder zu bewegen.

Aber ein Welpen-Phänomen im Homeoffice gibt es dann doch. Timmy liebt es, wenn ich eine Videokonferenz per Teams mit anderen meiner Abteilung habe. Das ist wirklich eine verrückte Sache. Er spürt, dass da etwas Besonderes passiert, wenn ich den Kopfhörer aufsetze und die

Kamera am Bildschirm starte. Da wuselt er hektisch um meinen Stuhl herum, passt die richtige Gelegenheit ab, um dann auf meinen Schoß zu springen.

Jedes Mal. Seit nunmehr über drei Jahren!

Ist er dann erst einmal oben, schaut er sich wie ein kleiner Filmstar um, setzt sich gekonnt in Pose und lässt sich von den Teilnehmern am anderen Ende der Leitung bewundern. Alle haben ihren Spaß. Da wird gelacht, geschmunzelt und auch mal »Hallo, Timmy« ins Mikro gerufen. Der Frechdachs hat dann seinen großen Auftritt und genießt es.

Es ist wirklich eine schöne Abwechslung für alle und es kommt auch schon mal vor, dass sich ein zweiter Hund in einer der anderen Kameras zeigt. Denn Homeoffice hat durchaus auch bei anderen Familien für felligen Nachwuchs gesorgt.

Immer wieder herrlich anzusehen, wie unsere Vierbeiner so eine Runde aufmischen und den Tag versüßen.

Manchmal bin ich so sehr konzentriert im Call, dass ich den Hund und seinen Geltungsdrang schier vergesse.

Vor einigen Wochen gab es einen wichtigen dienstlichen Termin. Ich hatte mir vorab vieles durchgelesen, meine Fragen notiert und dann die Konferenz gestartet. Insgesamt waren es sieben Teilnehmer, die – wie ich – zum Teil noch müde in die Kamera schauten, um dann die einzelnen Themen anzusprechen. Ja, es war reichlich früh am Morgen.

Ich hatte mir vorsorglich eine heiße Tasse Kaffee neben den Rechner gestellt und nahm immer wieder mal einen Schluck während der Konferenz. Ah, das tat gut, weckte die müden Geister und schmeckte einfach lecker. Zudem konnte ich sehen, dass auch andere Teilnehmer immer wieder zur Tasse griffen oder sogar herzhaft in ein Brötchen bissen.

Tja, Homeoffice – auf einmal war alles möglich.

Es war schon eine gute Viertelstunde vergangen, ich hatte vieles für mich notiert und nahm die Tasse mit dem nun lauwarmen Kaffee erneut in die Hand – als der vierbeinige Attentäter ohne Vorwarnung zu mir auf den Stuhl sprang und das Unglück seinen Lauf nahm.

Ich bekam eine heftige Kaffeedusche!

Weder Hemd noch Hose wurden dabei verschont und ich schrie laut »Timmy – nein! Das darf doch jetzt nicht wahr sein«, und vergaß dabei völlig, dass ich das Mikro nah am Mund hatte und die Kamera lief.

Leute, das war vielleicht ein Ding. Gelächter und Schadenfreude von allen Seiten und für wenige Augenblicke war an Arbeiten nicht mehr zu denken. Während der Übeltäter schnell wieder den Ort seines Verbrechens verließ, saß ich vor der Kamera wie die bekannte Pechmarie aus dem Märchen Frau Holle.

Dann musste auch ich heftig lachen!

Nach einem schnellen Klamottenwechsel ging es dann zurück an den Rechner – hochkonzentriert. Timmy lag indes in seinem Körbchen und schaute schuldbewusst rüber zu seinem Herrchen.

Konnte ich ihm böse sein?

Nein!

Er hatte ja nur das gemacht, was er immer bei einem solchen Videoanruf macht. Wie konnte er ahnen, dass sein Mannidraga nicht einmal seine Kaffeetasse richtig halten kann?

Haha …

Pizza, Reibekuchen und Café au Lait

Bevor wir uns den kleinen Frechdachs aus Dortmund schnappten, hatten wir uns intensiv im Internet schlau gemacht, was das Thema Futter, ärztliche Versorgung, Hygiene, Sicherheit im Haus und mehr angeht. Uns war völlig klar, dass Timmy nicht nur neues Leben im Hause bedeutet, sondern auch eine enorme Verantwortung für ein Lebewesen, das uns vom ersten Tag an vertrauen sollte.

Wie genial, dass es YouTube und soziale Netze gibt, wo es wirklich hilfreiche Tipps, Gruppen und Foren rund um das Zusammenleben mit einem Hund gibt. Keine unserer offenen Punkte blieb unbeantwortet. Auf jede noch so verrückte Frage fanden wir eine sinnstiftende Antwort. Nach wenigen Wochen waren wir startklar für das Abenteuer Maltipoo.

Nervös, angespannt und kribbelig waren wir dennoch …

Vor allem rund ums Futter hatten wir uns viele Gedanken gemacht und wenn man in den Fachhandel geht, wird man förmlich erschlagen vom dortigen Angebot. In den Regalen findet man Nassfutter, Trockenfutter, Rohfutter, getreidefreies Futter, spezielles Welpenfutter, Junior- und Maxi-Junior-Pakete, Futter für besonders sensible Welpen und dies alles mit Huhn, Lamm, Wild, Fisch, Rind, Schwein, Pferd, Ente, Truthahn und, und, und …

Ahhh – was für ein Durcheinander.

Wir gingen es langsam an. In den ersten Tagen befolgten wir den Rat der Dortmunder Züchter und kauften die Packungen mit Welpennahrung, die auch dort in den zehn Wochen an die Neunerbande verfüttert wurde. Timmy schmeckte es, knabberte die trockenen Teile mit Genuss und war zufrieden.

Könnt ihr euch dieses zuckersüße Bild vorstellen, wie ein kleiner Mischlingspudel auf dem Boden unseres Wohnzimmers kauert, die kleinen Stückchen geschickt in seinen Minipfötchen hält und es sich gut gehen lässt? Oh Mann, wie oft erwischte ich mich dabei, dass ich Timmy dabei beobachtete und diese unendliche Wärme rund um mein Herz spürte.

Alles richtig gemacht, sagte ich dann zu mir.

Doch mit einem Vierbeiner ists wie bei uns Menschen. Selbst die leckerste Mahlzeit schmeckt irgendwann fad und öde, wenn sie täglich auf dem Teller vorzufinden ist. Der Reiz lässt dann einfach nach und die Freude aufs Leckerli vergeht. So blieb der Napf dann eines

Tages voll und der Frechdachs lag gelangweilt daneben. Es musste etwas Neues her!

Tatsächlich fanden wir im Fachhandel anderes Futter, welches dann für einige Wochen der Brüller war. Wie gesagt – die Auswahl war enorm. Manchmal musste ich wirklich lachen, wie wild Timmy in die Höhe sprang, wenn die kleinen Packungen raschelten. Er wusste, dass da gleich etwas genial Schmackhaftes in seinem Maul landen sollte – und ich wusste, dass so ein Tütchen maximal für einen Tag reichen würde.

Wir testeten uns durch das gesamte Portfolio der Firma Fressnapf und kauften kleine und herzhafte Leckerlis. Manchmal war auch eine Niete dabei, die keinerlei Beachtung bei unserem Vierbeiner fand. Ja, auch das gab es – genau wie bei uns Menschen.

Ich erinnere mich da an meine extremen Zeiten, wo mir meine geliebte Omi frühmorgens Butterbrote mit grober Leberwurst schmierte (die mit diesen komischen Klumpen drin) und ich mich beharrlich weigerte, auch nur einen Bissen davon zu nehmen. Nee, das ging wirklich nicht rein und nach einer Runde Manni-Schmollmund-Zieherei gab es dann Ersatzbrot mit Marmelade und Nutella. Lecker!

»Was auch immer es gibt und wie extrem er auch immer betteln mag – vom Tisch aus wird nichts gefüttert«, sagte meine Frau zu mir und natürlich hatte sie recht. Hunde hatten am Mittagstisch nichts verloren und sollten auch tunlichst nicht dazu verleitet werden, dort zu sitzen und mit dem »Bittö-bittö-Blick« anzufangen.

Ja, Strenge und Disziplin musste sein und ich sah in diesem Moment den schon erwähnten Hundetrainer vor mir, der ständig den Kopf schüttelte und »Herr Draga, Herr Draga« seufzte.

Strenge und Disziplin!

Na ja, an einem sonntäglichen Frühstücksmorgen hatte ich da noch einen klitzekleinen Rest Fleischwurst auf dem Teller, die ich nicht mehr in mich hineinbekam. Wirklich nicht. Beim besten Willen nicht. Zudem solltet ihr noch wissen, dass ich ungern Lebensmittel wegwerfe und Timmy rein zufällig in der Nähe des Tisches saß ...

... und so vergaß ich für diesen klitzekleinen Augenblick all die guten Vorsätze und gab diesen Rest Fleischwurst an unsere Fellnase ab. Timmy schmeckte es vorzüglich, strahlte mich freundlich an und ich legte meinen rechten Zeigefinger auf die Lippen und flüsterte »Psst – das bleibt unser Geheimnis«.

Er verstand mich sofort. Aber sicher doch!

Schon Sir Isaac Newton wusste vor gut dreihundert Jahren, dass gegenüber jeder Aktion eine Reaktion steht (actio et reactio oder auch

Wechselwirkungsprinzip). Mein winzig kleines Fleischwurstangebot am Sonntag war somit für Timmy eine Einladung, sich nun jedes Mal in die Nähe des Tisches zu begeben, wenn es Frühstück gab, Mittagessen oder Abendbrot.

Schöner Mist. Da hatte ich ein fettes Eigentor geschossen.

Doch es gab nichts mehr vom Tisch trotz aller Bettelei. »Bleib hart und denke an die guten Vorsätze«, sagte ich mir und hielt dies eine Zeitlang aus – also so einige Tage nach meinem ersten Fauxpas. Wäre doch gelacht, wenn ich dies nicht hinbekäme. Immerhin war ich das Herrchen hier im Haus.

Dann jedoch nahm ich eine Kleinigkeit vom Teller, ging rüber zu Timmys Napf und legte es dort hinein – und ihm schmeckte es erneut. Ja, ich gebe zu, es war ein fauler Kompromiss, liebe Leute. Ich fütterte ihn zwar nicht direkt vom Tisch aus – aber dennoch bekam er etwas vom Tisch.

Schuldig in allen Punkten.

Immer wieder gab es nun Leckereien für den kleinen Frechdachs, die nicht typisches Hundefutter waren. Wir konnten erleben, wie Timmy wirklich alles schmeckte, was ihm angeboten wurde:

Käsestückchen, Brötchenkruste mit Leberwurst, ein Eckchen Pizza quattro stagioni, einen Löffel Nudelauflauf, ein kleines Stück des Sonntagsbratens – und sogar die leckeren Reibekuchen von Frauchen.

Der Wahnsinn! Er futterte dies alles mit Genuss, sein Napf war ratzfatz leergeputzt und die eigentliche, gesunde Trockenmahlzeit wurde verschmäht.

Dann folgte die Krönung …

Wir lieben es, nach dem Mittagessen einen schönen heißen, leckeren Kaffee zu trinken. Dies ist einfach so ein geliebtes Ritual, was nach einem guten Essen sein muss. Dazu setzen wir uns zumeist auf die gemütliche Couch im Wohnzimmer. Ich bevorzuge einen schwarzen, starken Kaffee, während meine Frau einen Milchkaffee ohne Koffein mag.

Na ja, ihr kennt das sicherlich, wie gut so etwas nach dem Mittag tut und wie sehr man sich schon auf die heiße Tasse Koffein freut, während man den Wohnzimmertisch abräumt und alles in die Küche trägt. Wenn dann die Maschine ihren Dienst tut und der ganze Raum vom Duft erfüllt ist – das hat schon etwas Magisches!

Habe ich recht? Ich sehr euch gerade, wie ihr mit geschlossenen Augen diese Zeilen nachklingen lasst und nun überlegt, ob ihr auch schnell in die Küche gehen sollt. Haha.

Nun, irgendwann fing Timmy an, während dieses genüsslichen Rituals neugierig schnüffelnd und mit der Rute wedelnd durch das Wohnzimmer zu laufen. Seine Ohren waren gespitzt, alle Sinne waren geschärft und schnell hatte er die Quelle dieses vorzüglichen Dufts in seiner Nase ausgemacht:

Es war der Milchkaffee seines Frauchens!

Mit einem schnellen Satz war er auch schon auf der Couch, näherte sich geschickt und beinahe zärtlich diesem Aroma – und schleckte mit seiner Zunge rund um die Schnauze.

»Hey, das möchte ich auch einmal probieren«, schien er damit andeuten zu wollen. Frauchen lachte, Herrchen auch.

So landete ein klitzekleiner Rest vom feinen Kaffeeschaum auf der Zunge von Timmy – und der Fellnase schmeckte es ausgezeichnet. Wir mussten beide so staunen und lachen. Der Vierbeiner und sein Café au Lait.

Tja und so wäre unser geliebtes Ritual auch beinahe das seinige geworden. Allerdings hatten wir in Erfahrung gebracht, dass Koffein absolut gesundheitsschädlich für Vierbeiner ist und der Genuss sogar tödlich enden kann. Daher gibt es täglich nach dem Mittagessen einen heißen Kaffee für Ulrike und Mannidraga und für Timmy bleibt der Traum nach dem restlichen cremigen Schaum.

Der Frechdachs kann uns gerne herzlos, egoistisch oder was auch immer nennen – aber wir finden es wichtig, dass Timotheus in diesem ganz besonderen Fall mal nicht seinen Willen durchboxen kann.

Auch wenn uns das verdammt schwerfällt, ihn so schmollend neben uns am Kaffeetisch liegen zu sehen. Oh je …

Ein Baum im Wohnzimmer

Na, da mache ich mal besser wieder weiter, zumal ja auch mein Autorenname zuerst auf diesem schönen Buch genannt ist.

Ich möchte nur schnell ergänzen, dass der Kaffeeschaum von euch Zweibeinern wirklich etwas Besonderes ist und viel besser schmeckt als mein Wasser im Napf. Wie schade, dass meine Familie so knauserig war und mir nur so einen kläglichen Rest zum Schlecken ließ. Ich hätte auch viel lieber eine volle Tasse wie die beiden gehabt. Aber das wäre wohl nicht so gesund für einen Vierbeiner wie mich – meinte mein Frauchen mal zu Mannidraga.

Wie schön, dass sie immer so besorgt um mein Mischpudelwohlgefühl ist.

Kaffeeschaum ist nichts für uns Hunde! Denkt auch mal an eure Fellnasen daheim, wenn sie bettelnd vor euch sitzen und ein kleines Schlückchen haben wollen. Seid stur und gebt ihnen nichts. Sie werden es euch danken.

Darauf gebe ich mein Hundeehrenwort!

Nun aber zu einem ganz anderen Thema, was bei mir dicke Fragezeichen hinterlassen hat.

Ich bin auch nicht immer so begeistert, wenn ich mit Herrchen bei einem Mistwetter vor die Türe muss, wenn ich mal muss. Das nervt ganz schön, wenn mein Fell immer pitschnass wird. Einmal war ich mutig und habe mein »Glück« versucht und das Beinchen gehoben, als ich auf der gemütlichen Matte vor der Haustüre stand. Das wäre ein schönes trockenes Geschäftchen für mich gewesen. Da kam ein erschreckend lautes »TIMMY – NEIN!!« von Mannidraga. Ich zuckte wie vom Blitz getroffen zusammen, senkte instinktiv mein Pfötchen und musste mit ihm dann doch raus ins Mistwetter.

Schade! Vielleicht beim nächsten Mal, wenn er nicht hinschaut …

Warum haben wir Vierbeiner nicht auch so ein gemütliches und vor allem trockenes Zimmerchen im Haus, wo wir mal dürfen, wenn wir mal müssen? Was spricht bitte schön dagegen, wenn wir auch mal dort oben im ersten Stock hocken oder das Beinchen heben? Das frage ich euch hier und jetzt. Kommt mir jetzt nicht mit »das dürfen Hunde im Haus nicht – das ist uns vorbehalten« – denn ich habe auch schon einige Zweibeiner erlebt, die draußen am Baum gestanden haben für ein kleines Geschäft. An einem Baum! Ja, das könnt ihr mir glauben.

Da geht's auf einmal und niemand meckert. Ihr seid schon echt eine komische Mischung.

112

Doch dann gab es noch eine krasse Steigerung bei uns zuhause!

Mein verrücktes Herrchen stand an einem kalten Nachmittag mit einem riesigen Baum in der Tür und trug ihn in das Wohnzimmer.

Mein Frauchen freute sich und sagte: »Oh wie schön, ein Tannenbaum.«

Ich freute mich auch und dachte mir: »Ja prima, endlich mein eigener Baum im trockenen Zimmer für die Mistwettertage. Danke, Mannidraga!« So eine Idee fand ich prima und die hätte auch von mir selbst stammen können. Verrückt.

Leider war diese Freude nur von kurzer Dauer. Denn der Baum wurde auf einen kleinen Tisch direkt neben der Couch gestellt und mit komischen Sachen vollgepackt. Da waren auf einmal bunte kleine Bälle zu sehen, merkwürdige Vögelchen, die sich nicht bewegten (waren die etwa tot und ausgestopft?) und viele Lichter an einer Leine, die den Baum von oben bis unten hell machten.

»Ja, das mit den Lampen ist eine prima Idee, Herrchen«, sagte ich in meiner Sprache. »Da finde ich dann auch im Dunkeln den Weg für mein Geschäft. Aber nun muss ich auf die Couch springen, damit ich mein Beinchen gegen den Baum auf dem Tisch heben kann. Diese Logik habe ich noch nicht so ganz durchdrungen.

Aber ich werde das Ganze gerne einmal testen und euch berichten.«

Pustekuchen – auch das war nicht erlaubt.

»Na, Timmy – gefällt dir unser Tannenbaum? Bald ist Weihnachten und da gehört so ein geschmückter Baum in jedes Haus. Den darfst du auch gerne genießen und dich daran erfreuen. Aber ansonsten gilt für dich: Nur gucken – nicht anpinkeln«, meinte Mannidraga zu mir und ich verstand nun gar nichts mehr.

Stellt ihr euch etwa alle so einen Baum in eure Wohnzimmer und schaut ihn euch mit all seinen Lichtern an? Was ist bitte schön der Sinn? Es gibt draußen vor dem Haus ganze Armeen von Bäumen, die jeden Tag nur auf euch warten (und auf mich, haha) damit sie angeschaut und angepinkelt werden. Die nehmen keinen Platz im Zimmer weg, müssen nicht von euch mit Wasser begossen werden und kosten kein Geld.

Warum also ein Tannenbaum im Haus?

Das hatte ich damals nicht so richtig verstanden. Ich gebe aber zu, dass diese Tage rund um den Baum schon ganz besonders waren. Meine Familie hatte auf einmal mehr Zeit für sich und für mich, alle Zimmer hatten wunderbare Lichter und aus der Küche kam ein ganz besonderer Duft in meine sehr empfängliche Nase. Überall war so ein Mischpudelwohlgefühl und ich würde es einmal so beschreiben:

Weihnachten ist ähnlich wie Urlaub eine un-müde Zeit für euch Zweibeiner, wo es euch ein-fach nur gut geht.

Selbst draußen auf der Straße war das beim Gassigehen zu spüren. Jeder grüßte jeden, man hielt kurz an und redete miteinander und manchmal gab es auch so in buntes Papier ver-packte Kisten, die man dann zuhause auspa-cken durfte.

»Das sind Geschenke, lieber Timmy«, erklär-te mir mein Freund Arthur.

»Die Zweibeiner schenken sich zum Weih-nachtsfest etwas und erinnern daran, dass auch der Sohn Gottes zu seiner Geburt Geschenke von Königen bekam. Aber um dir das alles in Ruhe zu erklären, bräuchten wir eine längere Gassi-Runde. Das heben wir uns mal für später auf, wenn es nicht ganz so kalt an unseren Pföt-chen ist.«

So vergingen einige Wochen ...

Als es dann endlich wärmer wurde und ich Arthur erneut traf nach meinem Geschäftchen, erfuhr ich alles zu diesem Zweibeiner-Fest. Na, das war dann doch eine spannende Sache mit diesem Weihnachten.

Da gibt es also jemanden, der diese ganzen wunderbaren Dinge hier gemacht hat. Er hat die vielen schönen Bäume und Wiesen gebaut, die Wolken dort oben, die Sonne, den Mond und auch die ersten Zweibeiner. Weihnachten hat etwas mit ihm und seiner eigenen Familie zu tun. Daher feiern alle, genießen diese friedliche Zeit – wo alle lachen und unmüde sind.

Das gefiel mir doch sehr.

Am Abend, nachdem mir Arthur alles ausführlich und mit warmen Pfötchen erzählt hatte, lag ich noch sehr lange in meinem gemütlichen Körbchen im Wohnzimmer wach und dachte über das Fest nach. Wenn dieser Gott alles hier erschaffen hatte, dann war er sicherlich auch dafür verantwortlich, dass es uns Hunde gibt. Dann hatte er auch uns Frechdachse hier auf der Welt haben wollen. Dann war auch er meine Familie. Oder?

»Danke, lieber Gott«, sagte ich kurz und spürte, dass so ein Nachdenken hundemüde machte. »Ich werde dir ein ganz besonderes Leckerli aufbewahren, wenn wieder einmal dieses Weihnachten ist. Großes Timmy-Ehrenwort!

Ich kann dir nur nicht versprechen, dass ich dies mit meinen kleinen Pfötchen auch einpacken kann.«

Wohlfühloase

Jeder von euch Zweibeinern hat doch so einen ganz besonderen Platz im Haus, den ihr immer wieder gerne aufsucht und euch dort wohlfühlt. So einen kuscheligen, gemütlichen Ort.

So ist das auch in meiner Familie …

Max liebt es, in seinem Zimmer im oberen Stock zu sein. Da sehe ich ihn immer wieder, wenn ich die Treppe hinaufgelaufen bin und ganz neugierig an seiner Tür stehe. Manchmal setze ich mich zu ihm auf so ein buntes gemütliches Kissen und schaue mir alles im Zimmer an. Es gibt so vieles Spannendes zu entdecken dort. Aber psst – ich verrate euch nichts. Das bleibt so ein Timmy-Max-Geheimnis.

Mein geliebtes Frauchen hat einige Wohlfühlorte im Haus. Oftmals springe ich zu ihr auf das große Bett, wo sie liest oder mit diesem komischen Teil in der Hand spricht, was klingeln, piepsen oder auch leuchten kann. Ich setze mich dann ganz nah zu ihr und kann tatsächlich hören, wie Stimmen aus dem kleinen Plastikknochen kommen. Das ist wirklich so ein Zauberding.

Manchmal finde ich Frauchen aber auch im Zimmer daneben, wo sie am hohen Tisch sitzt, schreibt und wohl ganz doll arbeiten muss. Da bin ich dann ganz leise, setze mich daneben auf das schwarze Kissen und warte, bis sie wieder Zeit zum Schmusen und Knuddeln hat. Ja, ich kann auch leise und artig sein. Das dürft ihr mir gerne glauben.

Mannidraga finde ich schnell. Mein Herrchen sitzt oder liegt immer auf seiner geliebten Couch im Wohnzimmer. Immer. Dort fühlt er sich wohl und schaut auf die Glotze, liest oder trinkt einen Kaffee. Wenn er mich dann anschleichen sieht, kommt ein »Hey, Timmy, komm ins Eckchen« und ich springe mit einem Satz auf seinen (dicken) Bauch und kuschele mich dann in die Ecke zwischen ihm und der Couch ein. Ja, das mag ich total gern, und wenn dann noch mein Nacken gestreichelt wird, bin ich der glücklichste Maltipoo auf Erden.

Aber nun fragt ihr euch sicherlich auch, welches meine ganz persönlichen Wohlfühloasen hier sind. Richtig? Na, dann verrate ich es euch. Es sind zwei Plätze im Haus ... ah nein, es sind drei!

Der Kuschelkorb steht schon seit dem allerersten Tag meines Einzugs am Wohnzimmerfenster. Der hat die optimale Lage, weil ich wunderbar in den Garten schauen und all die vielen Besucher beobachten kann – und da ist immer viel los. Ich sehe Tauben, die über die Wiese wandern und immer auch zum Teich fliegen, weil sie Durst auf Wasser haben. Na ja, das ist nicht immer so mein Fall und so kommt es vor – ja das muss ich leider zugeben –, dass ich laut am Fenster belle, um diese frechen Kerle zu verscheuchen. In Dortmund waren die nicht so – da mochte ich sie noch. Na ja, mal klappt es mit dem in die Flucht schlagen – mal nicht.

Auch diese Miezekatzen trauen sich immer mal in meinen Garten und die sind viel schlimmer als die Federkerle. Da würde ich am liebsten sofort die Türe öffnen, hinauslaufen und alles verteidigen. Aber mit meinen Pfötchen schaffe ich es leider nicht bis zum Griff. Leider …

Lieblingsplatz Nummer zwei ist das große Bett dort oben. Da wo Frauchen und Herrchen auch die Nacht verbringen. Hier ist es weich, gemütlich und warm. Wenn dann auch noch das Fenster im Zimmer geöffnet ist, bekomme ich alles prima mit, was dort in der Welt vor dem Haus passiert.

Höre ich einen anderen Vierbeiner, belle ich.

Höre ich eine fremde Stimme vor der Tür, belle ich.

Klingelt es oder klopft jemand, belle ich.

Ja hier oben auf dem warmen, gemütlichen Bett ist die perfekte Stelle, um sich auszuruhen und gleichzeitig meine Familie zu beschützen vor allen Gefahren.

Doch kommen wir nun zum ersten Platz …

Nein, es ist nicht die Küche. Da darf ich ja eh nicht rein, wie ihr schon erfahren habt. Aber ich arbeite daran, dass ich bald …

Der Teppich in der Diele fällt ebenfalls raus. Ich weiß von Arthur, dass diesen Platz viele andere Hunde mögen. Doch ich finde es nicht allzu gemütlich direkt an der Haustür. Da zieht es ein wenig und es ist ziemlich eng zwischen Schuhen, Schränken und der Glastür.

Nein, mein allerliebster Wohlfühlort ist auf dem Schoß von Frauchen oder Herrchen. Da liege ich so gerne und genieße die Wärme, die Nähe und die Liebe. Vielleicht liegt es daran, dass meine erste Begegnung mit meiner Kölner Familie auf dem Schoß von Frauchen begann und ich dort – vor über drei Jahren in Dortmund – spürte, dass ich dazugehöre. Irgendwie …

Es mag aber auch daran liegen, dass ich mich dort an diesem Wohlfühlort sicher und behütet fühle. Wenn ich die warmen Beine unter mir und die schützenden Pfötchen von Ulrike oder Mannidraga auf meinem Rücken spüre.

Was soll mir da schon Schlimmes geschehen? Nichts! Da ist pures Urvertrauen und unendliche Liebe zu spüren.

So, jetzt wisst ihr es! Ich denke, das könnt ihr alle gut verstehen. Oder?

Oh Moment, Mannidraga hat erneut die Tastatur übernommen …

Hallo, ja, ich bin es wieder. Es gibt da noch einen ganz besonderen Ort, den Timmy zuhause immer wieder aufsucht. Ich nenne ihn einfach mal »seine Beobachtungsstation« und die befindet sich auf der Treppe, die in den ersten Stock führt.

Dort oben auf der letzten der dreizehn Stufen liegt er oftmals und schaut hinab, was da unter ihm alles geschieht. Ein strategisch sehr gut gewählter Platz, diese Nummer dreizehn.

Timmy liebt diese letzte Stufe da oben auf der Holztreppe. Wenn ich vom Einkauf oder aus dem Büro komme, die Haustür aufschließe und das Wohnzimmer betrete, muss ich nicht lange nach dem Frechdachs suchen. Der hockt dort oben auf der dreizehn, schaut durch die offene Treppe runter und wackelt mit der Rute ganz aufgeregt hin und her.

Dann aber flitzt er sekundenschnell runter und ich (oder Frauchen oder Max) werden so herzlich begrüßt, dass man es kaum in Worte fassen kann. Timmy springt hoch, dreht sich und kuschelt sich an einen, als ob man auf einer Weltreise gewesen war.

Pure Liebe. Echtes Gefühl.

Dieser Platz auf der Treppe ist wirklich gut gewählt und erinnert mich ein wenig an einen Wehrturm auf einer alten Ritterburg. Da standen auch immer mutige, bewaffnete Wachposten auf den Zinnen, schauten hinunter und gaben Alarm, wenn sich Fremde näherten. Dann wurde heißes Pech oder Öl hinabgelassen zur Verteidigung – oder es hagelte dicke, schmerzhafte Steine auf die Eindringlinge.

Autsch!

Keine Ahnung, was Timmy so alles werfen würde – aber eines ist sicher:

Wenn er so wild bellt und bedrohlich die Zähne fletscht, können wir uns Öl, Pech und Steine getrost sparen. Da nimmt jeder Eindringling seine Beine in die Hand und schaut, dass er Land gewinnt.

Haha …

Arme Socke

Wenn sich Zweibeiner so gar nicht wohlfühlen, den ganzen Tag im Bett liegenbleiben und nicht einmal einen leckeren Kaffee trinken wollen – dann nennt man das wohl »krank sein«. So viel habe ich in den über drei Jahren bei meiner Familie schon mitbekommen und auch jedes Mal mitgelitten.

Da liegen sie dann von morgens bis abends, stöhnen, seufzen und wollen einfach nur ihre Ruhe haben. Selbst ich kann kaum helfen. Ich kuschele mich zwar ganz nah und leise an ihre Seite, aber besser wird ihnen davon auch nicht.

Leider …

In besonders schlimmen Kranksein-Tagen hilft dann nur noch ein besonderer Zweibeiner, der für alles ein bestimmtes Leckerli hat. Wenn man dies einige Tage schluckt, geht es meiner Familie wieder gut – auch ohne ein Timmy-Kuscheln. Dann schmeckt auch der Kaffee wieder und ich bekomme endlich den lang ersehnten Duft aus der Tasse in meine feine Nase.

Man sagt wohl Arzt zu diesem speziellen Zweibeiner und der ist eine prima Erfindung.

Der kennt alle Tricks und Kniffe, damit man bald wieder wohlauf ist. Warum die aber immer in weißen Hosen und Hemden rumlaufen müssen, hat mir noch niemand so richtig erklären können. Ich würde da eher Grün oder Blau bevorzugen. Na ja …

Tatsächlich gibt es auch einen Arzt für uns Vierbeiner. Von der Impfung in den ersten Wochen meines Welpenseins hatte ich euch ja bereits erzählt. Das war meine allererste Begegnung mit so einem Zweibeiner und ich hatte die Hoffnung, dass dies auch die letzte gewesen ist.

Aber da irrte ich mich. Leider.

So ein Leben hier in Porz hat viele schöne Seiten. Es gibt grüne Flächen, so weit meine Augen reichen, und man kann sich herrlich austoben, rumtollen und im Gras wälzen. Na ja, zumindest kann ich dies so lange tun, bis ein »Timmy – genug jetzt« von Herrchen kommt und er dabei genervt mit seinen Augen rollt.

Komisch, ich liebe es, wenn mein Fell grün ist und alles an mir nach Wiese riecht. Das ist doch eine prima Tarnfarbe für mein Fell, wenn ich mich auf der Wiese den frechen Katzen nähern möchte. Findet ihr nicht auch?

Mannidraga mag diese Tarnung leider gar nicht. Er muss mich nach jedem Toben sofort auf den Arm nehmen und in die obere Etage unseres Hauses tragen, um dann wieder Mistregen auf mich zu kippen. Dann werde ich wieder mit diesem Zeugs gerieben, das mich zum Schaf macht. Das ganze schöne Grün – alles ist dann verschwunden.

So ein oller Spielverderber!

Ich habe mich oft gefragt, ob er nicht auch so wild auf einer Wiese getobt hat, als er noch jung war. All das Grün, die Blumen und die schönen Düfte mussten ihm doch einfach gefallen haben. Hatte er da auch jemanden zur Seite gehabt, der die Augen gerollt und ihn anschließend nach oben getragen hatte zum Einweichen?

Ich denke schon ... Doch so ein wildes Toben im hohen Gras kann auch seine Tücken haben. Das habe ich leider selbst schmerzvoll kennenlernen dürfen, als ich einmal mit Herrchen von einem schönen Gassigang nach Hause kam.

Ich schüttelte mich in der Diele unseres Hauses und plötzlich tat es furchtbar weh! Da pikste und stach etwas ganz schlimm in meinem Ohr, sodass ich meinen Kopf ganz schief halten musste. Autsch! So lief ich dann auch in das Wohnzimmer, piepste und heulte ganz laut auf. Ich wusste ja nicht, was jetzt gerade mit mir passierte.

»Oh Timmy, was ist los? Hast du deinen Kopf gestoßen?«, fragte Mannidraga ganz aufgeregt. Ich konnte trotz schiefem Kopf sehen, wie besorgt er um mich war.

»Ich fürchte, wir müssen sofort zum Arzt fahren, Kleiner.«

So ging es dann mit dem Auto zu diesem Zweibeiner, der uns Hunden und Katzen hilft, wenn es zwickt, pikst und sticht im Ohr. Das Gute war, dass ich vorne sitzen durfte, direkt neben meinem besorgten Fahrer. Das Schlechte war, dass es noch viel mehr weh tat, so im Auto zu sitzen, wenn alles schaukelte und ruckelte. Ich musste noch lauter jaulen und winseln.

Dann endlich waren wir angekommen. Von Arthur, der hierher schon oft mit seinem Herrchen gefahren war, wusste ich auch, dass der Vierbeiner-Arzt einen passenden Namen hatte:

Frau Doktor Huhn!

Als Mannidraga mich in das große Zimmer trug (ich konnte mit dem schiefen Kopf nicht gehen), spürte ich sofort, dass es hier anders war. Überall saßen, hockten oder standen andere Hunde und Katzen auf dem Boden und schauten, wenn Neulinge (also mein Herrchen und ich) eintraten. Nur einer bellte, keiner miaute und es gab nur ein leichtes Ziehen oder Zerren.

Sehr, sehr merkwürdig.

Hier in diesem großen Raum, wo alle kranken Vierbeiner auf Hilfe warten mussten, schien es einen Nichtangriffspakt zu geben. Das hatte ich so noch nie erlebt. Alle Hunde, Katzen und mehr nebst ihren Herrchen oder Frauchen in einer schönen, friedlichen Atmosphäre. Kein allzu großer Stress, kein heftiger Zank, nur wenig Wuff oder Miau.

Genial!

Nach und nach wurden dann die kleinen Patienten aufgerufen und verschwanden in den anderen Zimmern. Der alte, humpelnde Bernhardiner ging zuerst mit seinem ebenfalls hinkenden Herrchen und ich fragte mich, ob jetzt wohl beide eine Spritze bekommen würden. Danach kam die dicke, schwarze Miezekatze im Käfig dran, die von Frauchen ins

Zimmer gebracht wurde. Ich hörte ein letztes »Miau« und dann schloss sich die Tür wieder. Irgendwie dachte ich an den bulligen Spike, der damals bei der Impfung in Dortmund so sehr gelitten hatte. Dabei hatte meine eigene Spritze kein bisschen wehgetan.

Das heute war anders als die Impfung damals. Ich saß immer noch zitternd und bibbernd – mit meinem schiefen Köpfchen und den Schmerzen im Ohr – auf Mannidragas Schoß. Ich hatte keine Ahnung, was da nebenan auf mich wartete.

Angst …

»So, dann ist jetzt der Timmy dran«, hörten Herrchen und ich, und mein Herz pochte ganz laut. Ich schaute ein letztes Mal in die Runde der anderen, die mich bedauernd und mitleidsvoll anschauten. So, als würden alle »du arme Socke« sagen wollen zu mir. Dann ging es nach nebenan – zu Frau Doktor Huhn.

Auweia!

Doch ich wurde positiv überrascht. Schnell wurde alles an mir untersucht, immer wieder mein Fell lieb gestreichelt und sogar Leckerlis angeboten, die ich ablehnte. Ihr wisst ja seit der Geschichte mit dem Trainer, dass ich nicht bestechlich bin. Mit einem Lichtdings wurde in meine Ohren geleuchtet und dann sagte Frau Huhn: »Oh, ich habe es – da ist eine Granne im

Ohr«, und holte das blöde Teil heraus, was so lange Zeit gepikt und wehgetan hatte.

Fertig!

Anschließend musste ich noch auf ein Teil klettern, was wohl verrät, wie viele Leckerlis in meinem Bauch sind. Also so eine olle Petze, die bei den Zweibeinern Waage genannt wird. »Na, es sind 5,5 Kilo – das ist noch im Rahmen für einen Welpen seines Alters«, meinte Frau Huhn und ich nickte zustimmend und Mannidraga auch. Ich hätte gerne noch gesehen, was die Waage bei meinem Herrchen angezeigt hätte – aber dafür war wohl ein anderer Arzt zuständig.

Schade, schade …

Ja, und so gehe ich nun immer gerne dorthin mit meiner Familie. Ich weiß, dass mir nichts Schlimmes passiert, sondern mir alle nur helfen möchten, damit ich immer ein Mischpudelwohlgefühl habe. Ich finde es nach wie vor erstaunlich, wie friedlich alle Vierbeiner dort sitzen (und wie ruhig auch ich dort sein kann) und darf immer noch vorne neben Herrchen im Auto sitzen.

Nur diese Leckerlis – die dürfen sie gerne an die anderen Vierbeiner verteilen. Ich brauche das nicht und möchte ja zudem, dass die olle Petze-Waage immer den besten Wert für mich anzeigt.

Daher: Leckerlis beim Arzt – ohne mich!

Der Gangsterschreck

Ich belle und knurre mehrmals am Tag und das hat auch immer seine Berechtigung. Immer. Denn ich bin der tapfere Beschützer meiner Familie und schaue zu, dass die drei stets sicher sind hier im Haus. Meinen wachen Augen und meinem scharfen Gehör entgeht da nichts.

Mein Freund Arthur hatte mir einmal gesagt, dass wir Fellnasen nicht nur die treuesten Begleiter der Zweibeiner sind, sondern auch deren mutige Wächter.

»Wir müssen Tag und Nacht auf der Hut sein, mein lieber Timmy. Die Welt ist nicht immer so bunt und freundlich wie hier bei uns zuhause. Da gibt es auch viele Zweibeiner, die Böses im Schilde führen. Wenn du spürst, dass so jemand in der Nähe ist, dann sei laut und schlage ihn so in die Flucht!«

Tja, und so laufe ich am Wohnzimmerfenster auf und ab und belle, wenn ich eine Bewegung am Gartenzaun ausmache oder fremde Geräusche vor dem Haus höre. Ich kann schon sehr laut sein. Das dürft ihr mir gerne glauben.

Manchmal ist Mannidraga ganz schön genervt, wenn ich dies allzu oft mache in dieser Lautstärke. Dann schimpft er mit mir und es kommt ein »Schluss jetzt, Timmy – sei leise!« von ihm, gefolgt von einem »Ruhe verdammt!«. Na ja, und dann bin ich für eine Zeitlang auch ruhig – frage mich aber zugleich, warum er das nun wieder macht?

Will er etwa nicht, dass ich ihn und die Familie beschütze?

Weiß er denn nicht, dass ich nur belle, wenn es auch einen Grund dazu gibt?

Menno ...

An einem Abend hat er dann aber doch verstanden, dass so eine bellende Fellnase wie ich ein absolutes Geschenk ist.

Es war damals schon recht spät und dunkel draußen. Wir hatten unsere letzte Gassirunde beendet und alle saßen gemütlich im Wohnzimmer und schauten auf den Fernseher. Da lief irgendetwas mit Zweibeinern und Musik, während ich auf dem kleinen Teppich vor dem Fenster lag. Das war leicht geöffnet, weil es draußen noch so schön warm war.

Irgendwann schloss ich die Augen und schlief ein. Eine kleine Weile in meinem Traumland, wo ich erneut auf einer großen Wiese ohne Leine laufen durfte, und meine Freiheit genoss. So schön ...

Doch plötzlich war da etwas. Ein Geräusch, eine Bewegung, ein Licht. Sofort waren meine Instinkte geweckt und ich bellte laut und wild. Da war eine Gefahr draußen. Das spürte ich sofort!

»Was ist denn los mit dir, Timmy?«, fragte Frauchen. »Ist da etwas im Garten?«

Schnell machte sie die Tür auf und ich flitzte wie der Blitz hinaus zum Zaun und bellte noch viel lauter. Ich konnte mich einfach nicht mehr beruhigen. Die fremden Geräusche kamen von nebenan und die ließen nichts Gutes erahnen. Da war jemand, der nicht dorthin gehörte. Das spürte ich.

Nun kam auch Mannidraga nach draußen in den Garten und leuchtete hinüber. Er hatte wohl auch gemerkt, dass ich nicht einfach so aus Lust und Laune heraus bellte. Wie schön, dass er sofort reagierte und dies alles ernst nahm. Er öffnete den Zaun und lief hinüber zum anderen Garten. Doch da war niemand mehr.

Die Eindringlinge waren geflüchtet!

Wir drei hatten alles richtig gemacht ...

Tatsächlich hatten fremde Zweibeiner das Fenster bei unseren Nachbarn zerstört und wollten wohl all die schönen Dinge aus dem Wohnzimmer nehmen, die ihnen nicht gehörten. Sie führten also Böses im Schilde. Ich erinnerte mich an die klugen Worte meines

Freunds Arthur: »Sei laut und schlage sie in die Flucht!«

Nur mein lautes Bellen und Knurren hatte sie wohl davon abgehalten, dort in das Haus einzubrechen.

Das war ein aufregender Abend für meine Familie und mich, das kann ich euch sagen.

Innerhalb kurzer Zeit standen viele mir bekannte Zweibeiner vor dem Haus. Alle wollten wohl sicher gehen, dass niemand Fremdes dort im Wohnzimmer war. Alle waren nun irgendwie Hüter und Beschützer – so wie ich. Das fand ich sehr beeindruckend. Wenn also jemand in Gefahr ist, dann bilden auch Zweibeiner ein Rudel und halten zusammen.

Prima!

Irgendwann kam dann auch ein Auto mit einem blauen Licht in unsere Straße. Der Fahrer und sein Begleiter fragten viele Zweibeiner, schrieben etwas auf und suchten dann im Garten und am Zaun. Gefunden wurde aber niemand.

Wie denn auch? Ich hatte ja schon längst alle tapfer mit meinem Bellen verjagt. Komisch, dass die blauen Kerle mich nicht gefragt hatten. Das wäre doch viel einfacher gewesen.

Tja, seit diesem Abend schimpft Mannidraga übrigens nicht mehr so oft mit mir, wenn ich mal laut werde und ganz doll belle. Er hat wohl nun verstanden, dass ich auch immer einen Grund habe für meine wilde Art. Auch so ein Herrchen ist durchaus lernfähig.

Das Schönste aber war die gelungene Belohnung von unserem Nachbarn. Der schenkte mir eine leckere große Wurst als Dank für meinen mutigen Einsatz.

»Das hast du ganz prima gemacht«, sagte Nachbar Bernhard dann zu mir und kraulte liebevoll meinen Nacken.

»Du bist ein wahrer Gangsterschreck, Timmy!«

Eine haarige Angelegenheit

Ihr Zweibeiner habt es doch so richtig gut. Bei euch wachsen die Haare ja nur auf dem Kopf, an den Beinen und bei einigen wenigen auf dem Bauch und am Rücken. Da ist ja schnell alles kurzgeschnitten, sodass man wieder gut aussieht.

Nun schaut doch bitte schön mich einmal an! Na – fällt euch etwas auf? Schaut genau hin!

Ja richtig, alles ist voller Haare. Kopf, Ohren, Rücken, Bauch, Rute, Beine und selbst da … Na ja, ihr wisst schon, wo ich meine. Haare, Haare, Haare.

Das ist in den kalten Zeiten wirklich praktisch, weil ich dann nicht so heftig friere und selbst beim Gassigehen einen warmen Körper habe. Frauchen und Mannidraga müssen hingegen stundenlang Hosen, dicke Pullover und Jacken anziehen, ehe sie das Haus verlassen.

Das ist immer ein Stress, bis es endlich mal vor die Tür geht! Mann oh Mann.

Wenn dann aber die warme Zeit beginnt, kann so ein dickes, dichtes Fell die reinste Qual sein. Da knallt die Sonne auf mich und ich schwitze und hechele schon, ehe ich auch nur eine Pfote aus dem Haus gesetzt habe. Das ist wirklich sehr unangenehm. Auch im Wohnzimmer liege ich dann lieber auf dem kalten Boden als auf dem gemütlichen Teppich, weil so mein Bäuchlein schön gekühlt wird.

Was macht ihr, wenn die Haare zu lang sind?

Richtig, ihr macht einen Termin bei diesem speziellen Zweibeiner, der mit vielen scharfen Instrumenten arbeitet. Da wird gewaschen, geschnitten und mit warmer Luft gezaubert. Haare fallen zu Boden, die Zweibeiner schauen in den Spiegel und sind dann glücklich, weil alles kürzer ist.

Irgendwann hatte auch meine Familie beschlossen, dass ich zu einem Haareschneiderzweibeiner sollte, damit mein Fell wieder kürzer wird. Da gibt es wohl auch Spezialisten für uns Vierbeiner. So wurde ein Termin gemacht und dann ging es Tage später mit dem Auto dorthin.

Ihr Lieben, ich hatte bereits vom Trainer erzählt und vom Arzt, der mir anfangs nicht so geheuer war. Doch das war noch lange nicht so gruselig wie bei diesem Friseur (so nennt ihr ja diese Haareschneider). Da bibberte ich schon vom ersten Moment an, als Frauchen und ich den Raum betraten.

Überall lagen Haare anderer Hunde und Katzen auf dem Boden, auf den Tischen sah ich scharfe Messer und Scheren und im ganzen Zimmer war noch die Angst der anderen Fellnasen zu spüren. Das alles war so gar nicht mein Fall und ich wollte lieber umkehren Richtung Auto. Doch ich kauerte bereits auf dem hohen Tisch und zum Runterspringen war es allzu tief. Da hätte ich mir meine Pfötchen verletzt.

Die Friseurzweibeinerin versuchte es zunächst mit Streicheln und Leckerlis (ihr wisst ja – unbestechlicher Timmy) und blieb selbstverständlich erfolglos. Das Zittern und mein Misstrauen blieben. Keine Chance. Ich hoffte nun darauf, dass Frauchen dies auch erkennen und mit mir den Heimweg antreten würde. Ich versuchte alles und spulte das volle Timmy-Programm ab: Ich winselte, heulte und schaute sie mit meinen traurigen Welpenaugen (meine Geheimwaffe) an.

Vergebens.

»Okay, dann halte ich Timmy einfach fest, während Sie Ihre Arbeit machen«, meine Ulrike dann und schon spürte ich ihre vertraute warme Hand in meinem Nacken. Na ja, wenn ich nicht einmal meiner Familie vertrauen kann – wem dann? So beruhigte ich mich und ließ es zu, dass mein Fell gekämmt und mit einem duftenden Wasser besprüht wurde. Das roch gar nicht mal so schlecht. Das gebe ich gerne zu.

Nun wurde mit der Schere geschnitten und mein Fell auch mit einer Brummmaschine bearbeitet, was gerade an den Ohren und dem Bauch kitzelte. Eine feine Sache. Nichts tat weh.

Ich blickte immer wieder hinunter und sah diese riesige Menge an Haaren, die dort lag. Was? Das war alles von mir? Wow, daraus hätte man ja glatt einen zweiten Timmy basteln können. Haha …

Das Ganze dauerte ziemlich lange und doch machte es mir nichts mehr aus. Immer ging mein Blick zu Frauchen, die mich liebevoll anlächelte und dabei meinen Rücken kraulte. Mit ihr an meiner Seite war das hier alles in Ordnung. Auch die Haarschneiderin lächelte mich an und sagte zwischendurch immer: »Ja, feiner Timmy – das machst du gut«, sodass auch von ihr keinerlei Gefahr drohte.

Sie machte einfach nur ihre Arbeit.

»Fertig«, sagte sie dann. Ich wurde auf den Boden gelassen und musste mich erst einmal so richtig schütteln. Ein Regen aus kleinen und großen Haaren fiel von meinem Körper. Ich fühlte mich leichter ohne dieses dicke Fell und dachte in diesem Moment an Frau Doktor Huhn und diese olle Petze-Waage in ihrem Zimmer.

Ich hätte nun bestimmt unter fünf Kilo gewogen. Oder?

Das war der erste Besuch dort und ich weiß noch, dass ich mich auch beim Gassigehen viel leichter fühlte. Ich spürte den Wind auf der Haut und im Garten lief ich noch viel schneller als mit dem dicken Fell. Das tat richtig gut.

Doch meine Haare wuchsen schnell nach, sodass wir immer wieder dorthin fahren mussten, um mich wieder leichter (und schöner) zu machen. Jetzt wusste ich allerdings, was mich erwartete und da war alles viel einfacher und unängstlicher.

Mittlerweile ist nun aber mein geliebtes Frauchen meine Fellschneidemeisterin! Sie hat sich auch so eine Brummmaschine gekauft und macht das hervorragend. Viel besser als jeder andere. Ehrlich! Dazu muss Mannidraga einfach nur diesen Klippklapp-Tisch aus dem Keller holen, ihn sicher aufstellen und mich dann behutsam dorthin tragen. Den Rest macht Frauchen mit ganz viel Liebe und Feingefühl.

Wenn ihr auch einen Vierbeiner zuhause habt, dann kann ich euch Ulrike sehr empfehlen. Vielleicht hat sie ja sogar noch einen Termin frei? Probiert es aus.

Ich schüttele mich übrigens immer noch nach jedem Schneiden und lasse es Haare vom Tisch auf den Boden regnen. Das ist dann mein Zeichen, dass es mir pudelwohl geht und ich keinerlei Angst vor der Brummmaschine habe.

Zu Besuch

Alles hatte mit tapsigen Schritten von mir angefangen und endet nun mit einem ganz besonderen Besuch. Dies hier ist tatsächlich die letzte Geschichte in meinem Timmy-Buch.

Ich habe lange überlegt, was man am Schluss niederschreiben sollte. Lest ihr lieber etwas Lustiges am Ende eines Buches oder darf es gerne etwas für das Herz sein? Es ist mir wirklich nicht leichtgefallen und da habe ich lange in meinem warmen, gemütlichen Kuschelkorb nachgedacht ...

und nachgedacht ...

und nachgedacht ...

Bis es schließlich klick machte und ich nun einen Mischmasch aus beidem bringe. Viel Freude damit!

Jeden Sonntag, wenn ich neben Frauchen und Mannidraga im Bett wach werde, höre ich zuallererst ein Ding und ein Dong, was aus der Richtung des Fensters zu mir schallt. Mittlerweile weiß ich ja, was das ist. Aber in den ersten Wochen schaute ich immer erschrocken hoch, brummte und knurrte. Das Laute da draußen gefiel mir so gar nicht!

An den kalten Tagen hörte man es nicht so gut, weil dann das Fenster geschlossen war. Da kam dann eher so ein dumpfes, leichtes Klopfen an meine Ohren, was ich mit einem kurzen Schütteln schnell wieder loswurde. Doch sobald es draußen wärmer wurde und niemand mehr an seinem Auto kratzen oder auf der Straße husten musste, war dieses Ding und Dong extrem laut am offenen Fenster zu hören.

Ihr wisst ja nun als treue Timmy-Fangemeinde, dass ich viermal so gut hören kann wie ihr.

Das störte mich daher schon gewaltig.

Ich rannte ans Fenster, sprang auf den Sessel und bellte und knurrte lauthals zurück. Ich wollte doch mal testen, wer hier das Sagen hatte.

Doch das Ding und Dong blieb völlig unbeeindruckt und machte weiter in der gleichen Lautstärke. Frechheit!

»Mensch, Timmy, das sind doch nur die Glocken unserer Kirche, die jede Stunde läuten. Die grüßen uns am Morgen und laden zum Gebet mit Gott ein«, erklärte mir mein Frauchen an einem Sonntagmorgen, wo es für meine Ohren noch viel lauter als sonst war.

Glocken, Kirchen, Gebet und Gott? Ich hatte das alles nicht so richtig verstanden. Was meinte mein Frauchen bloß damit?

Über Gott hatte ich ja bereits etwas erfahren, als dieses Erlebnis mit dem Baum bei uns im Wohnzimmer war. Er hatte wohl all die schönen Dinge geschaffen wie Sonne, Wiese, Bäume, Zweibeiner und auch mich. Aber warum er meine Familie und mich am Sonntagmorgen wecken musste, das konnte ich nicht verstehen.

Na ja, dieses Geheimnis würde ich auch noch ergründen.

So viel stand fest.

Wochen später ...

Erneut war ich mit Mannidraga, der nun wirklich perfekt hinter meiner Leine ging, in unserem Wohnort unterwegs. Da hatten sich all die vielen Übungen und Gassigänge mit mir gelohnt. Fein gemacht, Herrchen!

Ich war absolut stolz auf ihn und auf mich. Irgendwie.

Na ja, das mit den Beutelchen hatte ich ihm in all der Zeit leider nicht abgewöhnen können, sodass er immer noch meine Hinterlassenschaften einsammelte und dieses Teil beim Spaziergang trug.

Wie peinlich! Doch irgendwann und irgendwie war das Teil in seiner Hand dann beim Gassigehen verschwunden. Fragt mich bitte nicht, wie Mannidraga das immer wegzaubert. Ich habe keine Ahnung.

Wir kamen auch an diesem großen Haus mit dem riesigen spitzen Dach vorbei, als dieses Ding und Dong ganz furchtbar laut zu hören war. Ich blieb wie gelähmt stehen. Dann schaute ich fragend zu Mannidraga hinter mir, blickte zur Seite und dann zu diesem Haus.

Der furchtbare Krach kam tatsächlich von dort!

»Hallo, Manfred, hallo, Timmy«, hörten wir einen Zweibeiner sagen, der gegenüber diesem Spitzdachhaus auf einer Bank saß. Ich kannte ihn gut. Das war der Christian.

»Hast du dich erschrocken, Kleiner?«, fragte er dann. »Das musst du doch nicht. Das sind die schönen Glocken unserer Kirche und die läuten jetzt um zwölf Uhr mittags ein wenig mehr. Hab keine Angst. Gott liebt dich.«

Jetzt antwortete mein Herrchen:

»Ja, Timmy bellt die Glocken immer morgens an. Vor allem wenn die so extrem lange läuten. Ich denke, er wäre viel ruhiger, wenn er einmal in die Kirche dürfte, um zu sehen, wie schön und wie still es dort ist.«

Nun lachte der Zweibeiner Christian uns beide an.

»Na, dagegen spricht doch nichts. Die Kirche ist für alle da und Timmy ist auch ein liebes

148

Geschöpf Gottes. Wenn du ihn auf den Arm nimmst und ihn so in der Kirche hältst, ist das völlig okay, Manfred. Versuch es doch mal.«

Tja, und so wurde ich tatsächlich von Mannidraga in unsere Kirche getragen und durfte dort auf seinem Schoß sitzen – und staunen.

Wart ihr schon einmal dort? Habt ihr auch schon einmal auf einer solchen Bank gesessen und all das Schöne in dem Raum gesehen?

Also, ich habe noch nie einen so stillen Ort in meinem kurzen Hundeleben erlebt. Die ganzen Geräusche von Autos, bellenden Hunden oder spielenden kleinen Zweibeinern waren hier in diesem großen Haus nicht zu hören. Alles war so ruhig. Nur Herrchens Bauch machte so merkwürdige Geräusche und gluckerte ein wenig. Das macht er immer dann, wenn er Leckerlis braucht. Das habe ich schon oft erlebt, wenn ich auf seinem Bauch hocke, während er auf der Couch im Wohnzimmer liegt. So ein oller Mannidraga-Gluckerbauch.

Ansonsten war es in dieser Kirche – wie sagt ihr Zweibeiner immer so schön – mucksmäuschenstill. Absolute Stille.

Dann kam ein kurzes Ding und Dong! Nur einmal. Doch das klang so ganz anders als dort draußen auf der Straße oder zuhause am Fenster. Das war viel leiser und tat meinen Ohren kein bisschen weh.

Ein schöner Klang! Das gefiel mir schon sehr.

»Ja, Timmy – der liebe Gott freut sich wohl, dass wir beide ihn in seinem Haus besuchen. Ich denke, so einen Besuch von einer Fellnase hat er auch nicht so oft«, flüsterte Mannidraga mir zu. Ich wackelte kurz mit meinen Ohren und verstand das Ganze nun viel besser.

Das hier war also das Haus von Gott. Wenn wir zuhause Besuch bekommen, dann klingelt es an der Tür. Wenn Gott sich Besuch von Zweibeinern (und Hunden oder Katzen) wünscht, dann läuten die Glocken der Kirche.

Prima Idee! Das leuchtete mir ein. Dieser Gott scheint ein wirklich kluger Kerl zu sein.

Ja, und so bin ich mit Herrchen mehrmals in der Woche in Gottes Wohnung. Auch wenn er nicht die Glocken läutet (ich denke, das ist okay). Ich mag die Stille dort und schaue auch immer auf die bunten Fenster, wo sich auch mal die Sonne zeigt und grüßt. Mannidraga sagt dann aber, dass ich wohl der einzige Hund in ganz Porz oder sogar in ganz Köln wäre, der in die Kirche geht.

Na ja, in die Kirche getragen wird – so müsste es dann eher heißen.

Vielleicht werden es ab heute aber mehr Kirchenfellnasen werden, weil ihr dies gerade lest und dies etwas mit euch MENSCHEN macht. *Habe ich recht?*

Denkt einfach daran:

Wir alle sind Geschöpfe Gottes und sollten die Chance haben, ihn auch einmal besuchen zu dürfen.

Danke für das Lesen meiner Abenteuer und seid immer lieb und achtsam zu uns Vierbeinern, denn auch wir haben ein Herz und eine Seele.

Euer Timmy aus Köln-Porz

Zeit für ein Dankeschön

Ich habe von euch Zweibeinern gelernt, dass man sich bedanken sollte, wenn einem etwas Gutes widerfährt. Daher möchte ich hier zum Ende gerne so einigen lieben Erdenbewohnern danke schön sagen:

Wuff wuff wuff wuff wuff wuff wuff wuff wuff wuff wuff wuff wuff wuff wuff wuff wuff wuff wuff wuff wuff wuff wuff wuff wuff wuff wuff wuff wuff wuff wuff wuff wuff wuff wuff wuff wuff wuff wuff wuff wuff.

Wuff wuff wuff wuff wuff wuff wuff wuff wuff wuff wuff wuff wuff wuff wuff wuff wuff wuff wuff wuff wuff wuff wuff wuff wuff wuff wuff wuff wuff wuff wuff wuff.

Wuff wuff wuff wuff wuff wuff wuff wuff wuff wuff wuff wuff wuff wuff.

Wuff wuff wuff wuff wuff wuff wuff wuff wuff wuff wuff wuff wuff wuff wuff wuff wuff wuff wuff wuff wuff wuff wuff wuff wuff wuff wuff wuff wuff wuff wuff wuff wuff wuff wuff wuff wuff wuff wuff wuff wuff. Wuff wuff wuff wuff wuff wuff wuff wuff wuff wuff wuff wuff wuff wuff.

Wuff wuff wuff wuff wuff wuff wuff wuff wuff wuff wuff wuff wuff wuff wuff wuff wuff wuff wuff wuff wuff wuff wuff wuff wuff wuff wuff wuff wuff wuff wuff wuff wuff wuff wuff wuff wuff wuff wuff wuff wuff wuff wuff wuff wuff. Wuff wuff wuff wuff wuff wuff wuff wuff wuff wuff wuff wuff wuff wuff wuff wuff wuff wuff wuff wuff wuff wuff wuff wuff wuff wuff wuff wuff wuff wuff wuff wuff wuff wuff wuff wuff wuff wuff wuff wuff wuff wuff wuff wuff.

Wer das jetzt nicht lesen konnte – schnell mein Tipp: Lernt einfach einmal meine Sprache. Ich habe mir ja auch sehr viel Mühe mit der eurigen gegeben. Wuff!

Also ich (Mannidraga) konnte alles wunderbar lesen, lieber Timmy. Das hast du prima geschrieben! Gerne möchte ich als Co-Autor auch noch Danke sagen zu lieben Menschen, die mich umgeben:

Danke an meine geniale kleine Familie. Ihr seid mein Heimathafen, mein Leuchtturm, mein Fels in der Brandung, mein Anker und mein absolutes Manniwohlgefühl. Ich liebe euch von ganzem Herzen!

Danke an Ingo in Berlin für die Gestaltung des perfekten Covers. Ich freue mich schon auf unsere fünfte Zusammenarbeit!

Danke an Nadine in Freiburg. Immer wieder schaffst du es, weitere wichtige Impulse für die einzelnen Geschichten zu geben. Du bist eine große Stütze!

Danke an Franziska Junghans und das Team von Ka & Jott für die professionelle Unterstützung rund um Lektorat, Buchsatz und Gestaltung. Immer wieder ein Traum!

Danke natürlich auch an Timmy. Ohne dich gäbe es dieses Buch nicht. Du bist eine riesige Bereicherung für unser Leben und hast unsere Herzen im Sturm erobert. Ein ganz dickes fettes Wuff, du liebe Fellnase!

Danke auch an alle Herzmenschen, die mich und meine Geschichten lieben und mich in meiner Leidenschaft als Buchautor so genial unterstützen. Das tut gut!

Danke an den HERRN. Du behütest und beschützt mich. Du weist mir meinen Weg und gibst mir immer wieder Kraft. Du bist mein Schöpfer, mein Vater und mein Gott!

Name: *Timmy*
Rasse: *Maltipoo*
Jahrgang: *2021*
Hobby: *Garten bewachen*
Lieblingsort: *Zuhause*